SALİH ÇAĞLAYAN
FİLLER VE BULUTLAR

Filler ve Bulutlar
Salih Çağlayan

© 2018, Bu kitabın tüm yayın hakları Dokuz Yayınları'na aittir.
Tanıtım amacıyla, kaynak göstermek şartıyla yapılacak kısa alıntılar dışında,
yayıncının yazılı izni olmaksızın hiçbir elektronik veya mekanik araçla çoğaltılamaz.

© Dokuz Yayınları
© Salih Çağlayan

Türü	Deneme
Yayın Yönetmeni	Ali Osman Başkuyu
Editör	Şefika Aydın
Sayfa Tasarımı	Ayhan Aslan
Kapak Tasarımı	Orbay Orhan Emre
1. Baskı	Ocak 2017, İstanbul
5. Baskı	Mart 2018, İstanbul
Yayınevi Sertifika No	23136
ISBN	978-605-4737-92-5

BASKI VE CİLT
MY Matbaacılık San. ve Tic. Ltd. Şti.
Maltepe Mah. Yılanlı Ayazma Sk. No: 8/F
Zeytinburnu / İstanbul
Tel: 0212 674 85 28
Matbaa Sertifika No: 34191

DOKUZ YAYINCILIK
Kartaltepe Mah. 49. Sokak No:10/A
Bayrampaşa / İstanbul
0212 640 00 35

ŞUBE
Şükran Mah. Rampalı Çarşı No: 49
Meram / Konya
0332 351 81 29
Sıla Kitabevi

SALİH ÇAĞLAYAN
FİLLER VE BULUTLAR

Salih Çağlayan

Güzel günlerin
bir daha geri gelmeyecek olmasını
anladığımızda değil,
bizim daha güzel günleri yaşamak için
hevesimiz kalmadığında koptu ip.

Filler ve Bulutlar

Aç kapıyı Züleyha,
Sana geldim.
Göğsümde dikişsiz dokuz yarayla,
Üşümüş ellerimle,
Kırık kemiklerimle ve çürümüş ciğerimle.
Ayaklarımın altından akan kanı hiçe sayarak, *sana geldim.*

Beni al, sarıl bana.

Değişen çok şey de var, hiç değişmeyen şeyler de.
Güzel dediğimiz günlerde gidecek onlarca yerim vardı,
Ben yine sana gelirdim.
Şimdi gidecek hiçbir yerim kalmadı,
Ama ben yine sana geldim.
Beni sakla.

Kafamın içerisindeki çığlıklardan beni azat et.
Kirimi kusmaya gittiğim zamanlar klozetin önüne,
Koluma sen gir.
Dağıtma bu kadar, diye bana kızan sen ol.

Beni al, sarıl bana.

Salih Çağlayan

Yarınların daha güzel olacağına dair umudumu
        bir köşeye bırakıp,
Mutsuz, uykusuz, huzursuz olsam da
        seninle olmaya geldim.
Bugüne kadar canımdan dokuz can çıktı,
Onuncuyu senden istemeye geldim.

Beni kabul et,
Beni al, sarıl bana.

İstemiyorum, deme hemen, biraz dinle.
Kalabalıkların en ortasında yalnız kaldım
        ne zaman dışarı çıksam.
Kendimi kimseye, olduğum gibi kabul ettiremedim.

Beni al, olduğum gibi kabul et Züleyha.

Sabahları kedi besleriz, rafadan yumurta yeriz.
Huzuru bulamasak bile, bulmuş gibi yaparız.
Her şeyin bir oluru vardır Züleyha.
Hemen çarpma kapıyı suratıma.
Beni anla, kimsesiz geldim sana.

Beni al Züleyha.
Sarıl bana.

***

Filler ve Bulutlar

Ama biliyor musun, bilmiyorum.
Bir gün sahibi olacağız hayalini kurduğumuz deliksiz mutluluğun. Rüzgârların, içini üşütemediği insanlar olacağız ve başucu kitaplarımız artık kan revan şiirler barındırmayacak. Canımız yandığında bu kadar çok sigara içmeyeceğiz. **Ve bu kadar kısa kesmeyeceğiz; laflarımızı da, kendimizi de.**

Düşünsene, uçuk kafalar yaşayacağız mutluluktan!

Anne, diyecekler sana belki ve bana da baba belki. Mutluluklarımıza aradığımız sebepleri bulacağız. Ufak şeylerden, hiç de ufak denilmeyecek kadar mutluluk duyacağız. Biliyorum işte.

-Hikâyenin acısı şimdi geliyor.-

Hatırlıyor musun, ama kelimesinden öncekiler gülümsetir, sonrasındakiler ağlatır, demişti bir şair.

İyi dinle.
Mutlu olacağız, gülümseyeceğiz.
Ama beraber değil.
Ama ne yazık ki beraber değil.
Ben unutmadım çünkü.

Çünkü biz, birbirimizin eksiklerini başka bedenlerde aramaya çalışırken, rüzgârın savurduğu yapraklar gibi dağıldık seninle etrafa.

***

Salih Çağlayan

O hissi ne zaman anlatmaya kalksam
dilimin ucunda,
ne zaman yazmaya kalksam
kalemin ucunda
intihar etti kelimeler.

Filler ve Bulutlar

Anladığım zaman doğum günümdü, lise bitmek üzereydi veya bitmişti,

O kıpkırmızı balonun hiçbir para birimine veya miktarına değişilmeyeceğini.

Küçüktüm. Babama sarılabildiğim zamanlardı akşamüstü.

Babam esnaftı, küçük bir dükkânda bir şeyler satardı, insanların karnını doyurarak parasını helalinden kazanırdı anasının ak sütü gibi.

3-5 kuruş fazla kalsa cebinde, akşama tulumba tatlısı alırdı, ağzımız tatlansındı.

Mor çiçekler yetiştirirdi annem balkonda. Konuşur, severdi onları.

Mutfağı küçük bir evin kadınıydı annem, evimiz yeşil bir apartmanın dördüncü katının sol dairesiydi. En iki artı birinden.

Ben küçücük bir evden koca adam olup çıktım genç yaşımda.

Evde babamın olduğu zamanlarda, sık sık bir okula dönerdi beyaz renkli halı serili salonumuz.

Babam, anlatırdı.
Babam, öğretirdi.
Yemek yeme adabından, misafir evi edebine.
O yaşlarda benim için
        dünyanın tek delikanlı adamıydı babam.

Salih Çağlayan

Sıkıcı konuşmaları vardı ama her kelimesi artı birdi bana. Kelimeleri hayat bilgisiydi ilkokuldaki, sağlık bilgisiydi lisedeki. Kuran kursundaki güreş turnuvalarıydı, büyüklerin yanındaki saygıydı. Anne sevgisi, çiçeklere saygıydı, bir fidanın can suyuydu. Babam, akşamları eve gelebildiği zamanlarda öğretmendi işte.

On birinci yaşımın doğum gününde evin her yerine balonlar şişirmişti, süslemişti yeşil evimizi. Çikolatalı pasta ve sarı bir top almıştı bana. O top en sevdiğimdi işte, mahalle maçlarında daha güzel goller atılırdı o topla. En sert şutu ben çekerdim o topla, babam almıştı çünkü.

Sonra günler daha hızlı geçti.
Sonra, o top patladı.
Sonra, o balonların bir tanesi hariç hepsi patladı,
        söndü, kayboldu.
Sonra, babam hasta oldu.
Sonra, geç kalınmış teşhis.
Sonrası, son sayfaları yırtık bir aşk romanı.
Sonra, kaybettik.
Ondan sonrası, musalla taşı, cenaze namazı.
Sonrası, aile kabristanına artı bir mezar taşı.

Daha sonra ben, yıllarca eksik, yarım bir vaziyette büyüdüm.
Ortaokul, lise, üniversite...
Öyle ya da böyle büyüdük, koca adam olduk.

Sonra bir gün işte hiç unutmuyorum. Lise zamanlarımdı, doğum günümdü. İçecektik bizim çocuklarla, babam duysaydı çok kızardı. Ama duymuyordu, duyamıyordu. Yoktu!..

Filler ve Bulutlar

O gün evde on birinci yaş günümden kalan iki misafir vardı; birisi bendim, öbürü kıpkırmızı bir balon.

İçtik ettik. İçerken çocuklardan birisi tıpkı bir süperstarın elit bir mekânda kavga çıkarması gibi damgasını vurdu geceye benim için.

'O balon ne lan?' dedi, gülüştüler uçuk kafayla.

Ardından diğeri, 'Oldu olacak bir de karton şapka dağıtsaydın bebe,' dedi, gülüştüler falan.

Benim o an kanım dondu beyler ve bayanlar.

Diyemedim o balon benim hayat damarım diye.

Diyemedim o balon rahmetlinin son nefesleri diye.

Diyemedim babamın cenazesinden geldiğim gün, o balonu görüp uykusuzluktan yığılıp kalana kadar ağladığımı.

Diyemedim işte. Anlatılamayacak kadar değerliydi çünkü.

Anlatamazdım.

Ama kafanın da uçukluğundan mıdır bilmem, o dakikalarda anlamıştım kıpkırmızı bir balonun tüm dünyadan fazla olduğunu benim için.

Bunu buraya yazıyorum çünkü o balon bugün patladı beyler bayanlar.

Bu dünya artık yaşanmaz bir yer benim için.

Bu dünya artık bana, o yeşil evin salonunun halısı gibi bembeyaz olamaz.

Bu dünya artık bana beyaz olacağı tutsa, anca rahmetlinin kefeni, mezar taşı beyazından olur.

İyi günler dilerim.

***

Salih Çağlayan

Anlamlandıramıyordum.
Ortaokula yeni başlamış olmalıydım veya ilkokulun son zamanlarındaydı işte, tam hatırlayamıyorum. **Zaten anlamlandıramıyordum bazı şeyleri.**
Bir akşam vaktiydi, fazlasıyla sıradan geçmesini umuyordum işte her zamanki gibi. Yarışma programları bitmişti ve her akşamki gibi ailecek bir film izliyorduk. Adamın biri çaresiz bir şekilde, "Senden başka ne yer ne yol biliyorum," diyordu.
Garipti. Sanki seni, bana anlatıyordu bir filmin on saniyelik sahnesi. Korkmuştum.

Sonra o film bitti. Ve ben hafif bir şaşkınlıkla yemeğimi yedikten sonra, çayımı içerken annemin mutfaktaki yemek yaparken izlediği televizyonun sesine takıldım. Bir şarkı çalıyordu. "Ben sende tutuklu kaldım," diyordu.
Garipti. O şarkı çok güzeldi ve sanki seni, bana anlatıyordu. Korkmuştum.

Oldubitti işte sonra. Günler geçti ve ben artık eskisi kadar kitap okumadığımı fark ettim. Çocuktum, okumam gerekiyordu veya annem öyle söylüyordu ama sıkıcıydı işte benimkiler.

Filler ve Bulutlar

-Hiç unutmuyorum salonda kocaman bir kitaplık vardı ve ben biraz daha küçükken o kitaplığın en tepesini dünyanın en yüksek yeri sanıyordum.-

Sonra annemin eskiden okuduğu kitaplardan birisini aldım, o zaman için boyumun yettiği raftan. Kapağını beğenmiştim çünkü. Çayımı aldım, babamın tekli koltuğuna oturdum ve ilk sayfayı açar açmaz iki kelime takıldı gözüme. Kitabın ilk sayfasında, "Güzel gözlüme," yazıyordu.

Garipti. Sanki seni bana anlatıyordu bir kitabın ilk sayfasında geçen iki kelime. Korkmuştum.

O zamanlar küçüktüm. O zamanlar bence tüm şairler seni sevmiş, tüm şarkılar sana yazılmıştı ve tüm şiirlerin konusu, tüm masalların kahramanı sendin.

Biraz zaman geçince anladım, şairlerin veya şiirlerin seninle alakası yokmuş, seninle alakası olan yegâne şey benmişim.

***

Salih Çağlayan

Ve hasret acıdan parçalarken göğsünün sol tarafını,
anlarsın kimsenin onun gibi olamayacağını.

Filler ve Bulutlar

Artık bir yabancı bile değiliz seninle.
Çünkü tanımadın hiç beni.
Bakmadın ki sana nasıl baktığıma,
Güldüğüme,
Öldüğüme,
Kaldığıma...
Anla beni.
Nasıl hissettiğimi,
Niçin yandığımı.
Nelere gülümsediğimi
Neyini sevdiğimi bile bilmiyorsun.

Bunun nasıl hissettirdiği hakkında,
Bir fikrin yok, değil mi?
Biliyorum.
Bizim adımız bir defa olsun yan yana yazılmadı.
Senin adın, yana yana çok yazıldı ama
Adımın yanına hiç yazılmadı.
Ama,
Ama,
Ama...
Hep bu 'ama'lar tüketti işte bizi.
Kahretsin,
Bunun nasıl hissettirdiği hakkında,
Hiçbir fikrin yok!

***

Salih Çağlayan

Artık ciğerlerim eskisi gibi kaldıramıyor bunca yangını.
Her sabaha öksüre öksüre, taşlaştığımı hissediyorum.
Artık bu ağrı bana fazla geliyor Allah'ım!

Bir şarkı çalıyor, kalbim kandan ziyade jilet parçaları pompalıyor sanki damarlarıma. Kollarımdaki acıyı tarif edemiyorum. Ya da deliriyor muyum, diye soruyorum kendime.

Sokakta, kaldırım köşelerinde, kafeteryalarda, alışveriş merkezlerinde zaman geçiren insanlar mı deli yoksa bunlara korkarak bakan ben mi? Bilmiyorum artık.

Allah'ım affet, ciğerimi aldığım gibi iade edemeyeceğim sana, aklımı da hatta.

Kitaplar okuyorum, bir cümle geliyor ki gözümün önüne, saatlerce boş duvara, boş boş bakmama sebep oluyor. Zamanımı, annemin tembihlediği gibi Rabbe ibadet ederek geçiremiyorum, özür dilerim hepinizden.

Elimi attığım elimde kalmıyor ama elimi attığım yere küllerim dökülüyor biraz. Ufalanıyorum, kuşların karnını doyurabilir mi, diyorum tırnaklarım. Allah'ım affet.

Filler ve Bulutlar

Ciğerlerim ağrıyor. Ciğerlerim benden daha yaşlı, fark ediyorum bunu her geçen gün. Ciğerlerim babamdan bile yaşlı belki. Bu ağrı Allah'ım, bu ağrı beni öldürüyor.

Süslü kelimelerle ifade etmiyorum artık kendimi.
Kimselere de yazmıyorum artık, kendimden başka.
Başarısız oldum hayatımda her zaman.
Gönlümü verdiğim insanları yanımda tutamadım.

Annemden başka birisine ki annem yoğun bakım ünitesinde zamanını geçirdiği zamanlarda, hastanenin yoğun bakım ünitesine alınan tek çiçekti.
Annemden başka birisine kendimi sevdiremedim.

İnsanlar Allah'ım, insanlar beni bu hale getirdi.

***

Salih Çağlayan

Aynalara bakmaya korktuğum günleri saklıyorum dolabımın alt raflarına. Sana bakarken, gözümü kaçırdığım her saniye için, özürlerimle... Kurumasına sebep olduysam pencere kenarına dizdiğin çiçeklerin, özürlerimle...

Kulaklarımda, karşımda sigara içerken yanan tütün sesi, selâm.

"Aşk bitti... Aşk, hiç biter mi?"

Bir inananım yokken bu şehirde, bir sevenim, bir bekleyenim... Sığınıyorsam öksüz bir çocuk gibi bu şehre, senin yüzünden...

Papatyaları eziyorsam attığım her adımda, senin yüzünden...

İçtiğim her sigarada, okuduğum her şiirde bir adını, bir adını ve bir daha adını sayıklıyorsam, senin yüzünden...

Duvara dikip gözlerimi, arıyorsam gül yüzünü, senin yüzünden...

İnanıyorsam Tanrı'ya, senin yüzünden...

"Aşk bitti... Aşk, hiç biter mi?"

Filler ve Bulutlar

"Kızın olsa mesela..." derdim. "Asla anlatamazsın ona düştüğünü. Üzülür diye çekinirsin, sen ki babasın, düştüğünü nasıl anlatabilirsin ki kızına?" derdim. Bu yüzden hep bir erkek, bir kız çocuğumuz olsun isterdim. "Erkek olunca hem, ona anlatabilirsin düştüğünü. Dağdır, dağ yaslanır..." derdim. Hep karşı gelirdin. Olsun...

"Aşk bitti... Aşk, hiç biter mi?"
Sabahın ilk ışıkları vuruyor pencerene, uyanıyorsun şu an... Yanında seni seven bir adam, ortanızda minik - elleri tutulamayacak kadar küçük- bir bebek. Ben ise gözlerim tavana dikili, aynaya bakmaya korktuğum günler dolabımın alt rafında, yüzünü hayal ederken sızıyorum yatağımda bir başıma... Oysa sen şu an yeni uyanıyorsun.
"Aşk bitti..."

***

Salih Çağlayan

Ayrı dünyaların insanı tabiri bizim için söylenmiş olsa da, seni senden iyi tanıyorum.
Gecenin köründe uyanışlarını,
İçtiğin sigarayı,
Nelere gülümsediğini,
Seni neyin korkutup,
Neyin mutlu edeceğini iyi biliyorum.

"Çıkmıyor kafamdan bir türlü korkak korkak bana bakışların."

Nelere kızdığını,
Hangi yemekleri sevdiğini,
Çayını kaç şekerli içtiğini biliyorum.

Kahretsin, ezberimden çıkmayan bir şiir gibisin!

Lakin korkularına kadar ezbere bildiğim kadının, hangi cehennemde olduğunu bilmiyorum ya.
İnan bana,
Bu, tüm acılara dahil.
Öyle işte.

***

Filler ve Bulutlar

Bazen bir oturuşta, bir büyük devireceksin.
Bazen anlamayacaklar,
Bazen zaten sen de anlatamıyorum,
        diye teselli edeceksin kendini.
Bazen seveceksin ilk günkü gibi.
Bazen dua edeceksin.
Bazen de küfür.
Bazen keseceksin kendini,
Bazen de küfür edeceksin salaklıklarına.
Bazen gururla ve kibirle kabartıp göğsünü,
        pişman değilim, diyeceksin.
Bazen pişmanlıktan ölüp ölüp dirileceksin.
Bazen keşke şöyle olmasaydı da böyle olsaydı,
        diye ağlayacaksın.
Bazen içeceksin, bazen söveceksin.
Bazen bir şarkı çalacak, şarkı bitmeden sen biteceksin.
Bazen ciğerlerini bırakacaksın masaya ki
        yanık kokacak ortalık haliyle.
Bazen kılını bile kıpırdatamayacaksın.
Bazen bir eksiklik hissedeceksin kendinde,
Bazen bir eksiklik bile hissedemeyeceksin kendinde.
Bazen kanayacak yaran, ama hiç kapanmayacak.
Bazen teşekkür edeceksin, bazen isyan.

Hep bir şeyler yapmak zorunda oluşumuza
        küfür edeceksin bazen,
Ama hiçbir zaman değiştiremeyeceksin olanı biteni.

Böyle işte bu, hayat güzelleşmez sen ölüyorsun diye.

***

Salih Çağlayan

Küçük intiharlardı bir nevi,
ağlamamak için yutkunuşlar.

Filler ve Bulutlar

Bazı şeyler, bazı kurallar, tamamlanamayan şeyler eninde sonunda bulur sizi. Uçurumun kenarına gelince içinizden gelen atlama dürtüsü gibidir. Engel olamazsınız. Çıkar karşınıza bir doğa kuralı gibi. Mesela bugün, kaba bir hesapla dokuz yıl dört ay geçmiş ve ben bu masadan kalkacak gücü kendimde bulamıyorum. Utanç verici bir durum lan bu. Dokuz yıl dört ay olmuş, seni görmeyeli de altı yıl ve ben hâla gecenin üçünde elimde orospu olmuş bir sigarayla senden kaynaklı meseleler yüzünden kendime acıyorum. Bu, kaderimin beni aşağılaması gibi. Omzumdaki yedişerden on dört meleğin bana kıçıyla gülmesi, sağ taraftakilerin, işlediğim sevapları, "Yazmıyoruz lan, bugün bize tatil," diyerek kahkaha atması gibi.

Ulan engel olamıyorum! Beynim kaynıyor, fokurduyor oturduğum yerde. Böyle olmasaydı keşkeler, öyle yapmasaydım da şöyle deseydimler, aslında haklıydımlı hisler falan, bu gece çapraz ateşe tutuyor beni.

***

Salih Çağlayan

Bunca zaman geçmişken
Pişmanlık, faiz borcu gibidir gençler.
Katlanarak büyür ve bir gün tokat gibi çarpar suratınıza.
O yüzden sikip atın bu gece gururlarınızı.
Pişmanlıklarınızı söyleyin, çekinmeyin.
Söyleme fırsatınız varken söyleyin sevdiğinizi,
        özlediğinizi, acı çektiğinizi.
Şu abiniz gibi olmayın, lafını yediriyorum kendime.
Ben çok hata yaptım.
Belki de karşılıklıydı bizim sokağımızda yanlışlar.
Kimse sütten çıkmış ak kaşık değildi belki
        ama telafi edilebilirdi.
Ben o trenin biletini yakalı çok oldu.
Ben o fırsatı kaybettim.
Çünkü beş senelik kocası,
Dört senelik kızı olan bir kadına gidip ben pişmanım,
        denmiyor bu hayatta.
Kırılan bardaktan su içilmiyor.
O yüzden, Anna Frank ablamızın
        bir sözünü hatırlayalım hep beraber:
Ölüler yaşayanlardan çok daha fazla çiçek alır
        çünkü pişmanlık,
            minnetten çok daha güçlü bir duygudur.

***

Filler ve Bulutlar

"Bazı şeyleri yutkunmadan anlatamazsın."

Kaderin hepimizden bir adım önde gittiğini on yedi yaşımda öğrendim.

Okuldan çıkmıştım, babam defalarca aramış beni, duymamışım.

Elime telefonu alır almaz geri aradım, çabuk yanıma gel, dedi.

Gittim. Babamın iş yeri yakındı okuluma, boş zamanlarımda giderdim işte.

Babamın yanına vardığımda yüzü buz gibi donuktu, kelimelerini seçerek konuşmaya özen gösteriyor gibiydi. Bir şeyler olduğu gün gibi meydandaydı derler ya, aynen öyle. Ne olduğunu sorduğumda, bir ceset gibi soğudu içim.

"Abilerin abisinin cesedi gibi."

Bazı acılar vardır, siz yaşamasanız da dinlerken bile ciğeriniz parçalanır, içiniz yanar. Böyle bir şey işte bu.

Küçüklüğümden beri yanımdaydı Fatma Ablam, ablaydı işte. Dayımın kızıydı. Okudu, üniversite sınavını kazandı, öğretmen oldu. Sıradan biri gibiydi ama değildi. Acısı, tüm mahalleyi gecenin aynı saatinde kaldırıp rakı içirebilecek kadar büyüktü.

Salih Çağlayan

Evlenecekti, Emre adında, parıl parıl gözleri olan yakışıklı bir abi ile. Tanıştık, yemekler yedik, gezdik dolaştık işte. Zamanımızı paylaştık kısa bir süre olsa da.

Emre Abi ile Kuşadası'nda, ikisi de on üç yaşlarındayken tanışmışlar. Emre Abim sevmiş, sevdalanmış falan. Yılda sadece bir ay görüşebiliyorlardı ama seven adam başka oluyor işte. Bir insan, bir insanı arada beş yüz kilometre mesafeye rağmen on iki yıl beklemiş işte.

Öyle oldu, böyle bitti. Kavuştular yıllar sonra, evlendiler sonrasında kısa bir zamanda.

"Kader bir futbol maçı değil işte, herkese aynı süreyi tanımıyor."

Askeriyede pilottu, kral adamdı. Mesleğini anlatırken gözleri parlardı. Evlenmişti hem de sevdiği kadınla. Daha ne olsun, değil mi? Oldu işte.

Kader bu, sonradan kesişen yolları ayırmakta üstüne yok.
Dört ay olmuştu evleneli daha, mutlulardı.
Okuldan çıkınca babamın yanına gittim, gidince öğrendim.
"Ankara'da helikopter kazası, dört şehit!"

Yutkunamadım, nasıl olurdu? Oldu işte.

***

Filler ve Bulutlar

Bazısı aynı şarkıda asar kendini her gece,
Bazısı aynı şarkıda sever onlarca kadını.
Bazısı sigara parasına çoluk çocuğunun rızkını yatırır,
Bazısı her gün başka birisinin koynunda geçirir geceyi.
Bazısı orospudur,
Bazısı serseri mayın.

Bilemezsin, bir derdi vardır veya yoktur.
Bir insan her şey olabilir.
Bir insan bu sonuçta, ayaküzeri vücudundaki parmak sayısından daha fazla yalan söyleyebilir göğsünü gere gere. İnsan bu, ne yapacağı belli olmuyor.

Bazısı, işine gücüne koşturur,
Bazısı kafasının peşine düşer sokak sokak.
Bazısı sever, sevilmez,
Bazısı sevmez, sevilmez ben gibi.
Öyle bir şeyler işte.

Ben tüm bu karmaşıklığın arasında, uğruna kimsenin yara bandını israf etmek istemediği bir yara gibiyim. Çürüyorum.

***

Salih Çağlayan

Ben çaresizliği gördüm yaklaşık bir hafta önce.
Buna içtim, şimdi buna yazıyorum.

Eşi evlendikten dört ay sonra şehit olan kuzenimin, kardeşinin düğününe giderken diğer arkadaşlarına yolu tarif edememesinde gördüm ki çok ciddiyim.

Düğün salonuna giden yol, şehit üsteğmenlerden birisinin adı verilen köprünün ilerisinde, sağda kalıyordu. Arkadaşlarını arayıp yolu tarif etmek isterken o köprünün ismini söyleyemedi işte. Sesi dondu, titredi, kısıldı. Kaldı öyle lan.
Söyleyemedi birader.
Aklına Allah bilir ne acılar, ne yaşanmışlıklar geldi de söyleyemedi oğlum.
Düşünsenize, ki ben düşünemedim.

Bir şarkı gibi değil işte bazen kelimeler.
Keskin bıçak gibi, saplanıp kalıyor boğaza.
Bazı acılar var, dedim işte arabayı sürerken.
Bazı acılar sizi öldürmek için bir çiziğe bile ihtiyaç duymuyor anasını satayım.

Öyle.
Ki, sorsanız şey derdi soranlara:
Sesimdeki çaresizliği anlamayın diye sustum.

***

Filler ve Bulutlar

Ben galiba sizin gibi asla olamıyorum. Ne kadar sizin gibi olmaya heves etsem de bunun için uğraştığım her an, kendimden daha çok nefret ediyorum. İleri attığım her adımı aslında geriye attığımı biliyorum. Ağzınıza yapışmış o seni çok seviyorumlarınız, aşkım hiç ayrılmayacağız değil mileriniz, hiç bitmesin deyişleriniz, orgazm çığlıklarınız, Allah'a havale edişiniz, bela okuyuşunuz, zaten öyleydi böyleydi söylemleriniz... ağzınıza yakıştırdığınız her şey... Yok yok, ben asla sizin gibi olamıyorum.

***

Salih Çağlayan

"Ben kendimin intiharıyım, Ahmet."

Kan revan yazarım bu şiirleri genelde, biliyorsun.
Kalem kâğıtla nikâhı ezelden kıyılanlardanım, biliyorsun.

Bu sabah çayımı bitirip, sigaramı içtikten sonra elimi yüzümü yıkar gibi dağıttım beynimi. Hatta bu kelimeleri de darmadağın bir halde yazdım, tahmin edebiliyorsundur, eminim.
Kolay oldu, bir sigara yakar gibi, bir kapıyı kapatır gibi.
Her sabah bunu tekrarlamaktan yoruldum artık Ahmet.
Parçaları kayıp bir yapboz gibiyim artık, biliyorsun işte.
T o p a r l a y a m ı y o r u m .

Artık her şiirime bir parçamı saklıyorum Ahmet.
Olur da okursun, sana kelimelerim değil; bizzat elim, kolum, yüreğim dokunsun diye.

Kelimelerin arasına can veriyorum haram parayı harcar gibi.
Bir fidana can suyu vermek gibi bu Ahmet. Dağıttıkça toparlanmayı umarak kazıyorum mezarımı.

Filler ve Bulutlar

Mahalledeki bebelerin dillerine düştük artık oğlum.
Mahallenin anneleri yanlarında çocukları varken parmakla gösteriyor beni. İlkokulda hiç beceremedim bu işi, parmakla gösterilmeyi yani. Ama arrrrrtık işler değişti! Parmakla gösterilip tembihleniyorum çoluğa çocuğa; okumazsan, adam olmazsan böyle olursun içerikli cümleler eşliğinde...

Artık bir yara olarak anılmak istemiyorum dilden dile. Ölünce kazanırım belki, her gün defalarca nakavt olduğum dövüşlerimi.

Belki ölünce bir işe yararım.
Çünkü bu halde ben kimsenin dikiş atmaya tenezzül etmediği bir yara gibiyim.

Artık, istemiyorum.

Yavuz'uma...

***

Salih Çağlayan

Ben sana yetişemedim diye değil, başkalarının avuçları arasında soluklandın diye. Bu yüzden kendi yarama, bu yüzden kabuğuma, bu yüzden bana ilk ağladığın nereyse oraya... O sokağa, o şiire, o cümleye... Güvenimi kırdığın nereyse oraya... Parçalarımı yerden toplamak için, parçalarımı birleştirip eski bir manzarayı görebilmek için... Ben hep senin için, içim için... Hep o yaraya... Hep sana...

***

Filler ve Bulutlar

Biliyorum bu bir yangın ve en çok sen yandın.
Biliyorum diğerleri gibi sadece su toplamadı senin ellerin.
Biliyorum.
Sen büsbütün kül oldun.
Acısını biliyorum, acıttığını biliyorum.
Daha fazla anlatma, başkasının ateşinde yanan canına âşık olmak nasıl hissettiriyor, bilmiyorsun.
Biliyorum, anlatma.

***

Salih Çağlayan

Bir acı düşünün.

Böyle terk edilmek, ortada bırakılmak veya kalbinizin kırılması gibi değil.

Şöyle bir baba düşünün: Çocuğu annesini emmeyi bırakıp sadece mama içiyor hem de günde bir paket. Ucuz da değil, tam yirmi dokuz doksan. Günlük yevmiyesi de otuz beş lira. Tam otuz beş.

Bir acı düşünün.

Kurşun yemek gibi değil, kurşun yemeye alışmak gibi.

Otuz yaşında bir delikanlının çocuğu oluyor, ne güzel değil mi? Günlük kazancından sadece bez ve mama giderlerini çıkartınca beş lira kalıyor cebine, temizinden.

'Gençler, içecekseniz eğer, bir lirayı otobüse verememenin acısını düşünerek için. Manita size bakmadı diye içmeyin, yazıktır.'

Anlatayım, okuyun:

Mahallenin en güzel abisiydi Hulusi Abi. Sevdiği kadınla evlenecek kadar şanslıydı ama yetmedi, engel olamadı olanlara.

Filler ve Bulutlar

Kısa süre sonra çocuğu oldu aynı kendisine benzeyen, böyle nur topu gibi bir erkek. İyi gidiyor gibiydi ilk başlarda. Selamlaşırken gülümsüyordu. Biz, her zaman dediği gibi 'sıkıntı yok' sanıyorduk.

Sıkıntılar karşısına duvar örmüş gün geçtikçe.
Allah'ım affet, anlayamadık.

Çocuk bir yaşına girince çok daha az görür oldum Hulusi Abiyi mahallede. Sonradan öğrendim, çift vardiya çalışıyormuş fabrikada. Öğle yemeğini yiyemeden uyuyakalıyormuş yorgunluktan, yazık.

Neyse dün gördüm işte beyaz bir kamyonet, evin önünde. Bebeğin yatağını sırtlamışlar, yüklüyorlardı. Kaldım tabii ben öyle bir an, sonra gittim sordum bizim çocuklara ne iş diye.

Anlattılar. Yetiştirememiş parayı. Günler 24 saat işte, çift vardiya çalışmasına rağmen engel olamamış icra memurlarına.

Yanına yaklaşamadım. Kaldırımda oturup bir dal sigaraya bakıyordu ürkek ürkek. Yakmıyordu ama yanıyordu, gözlerinden belliydi yangını.

Sigarayı bıraktı bir ara, ben sağlıklı yaşamak istiyor sanıyordum. Meğerse o, çocuğunun karnı doysun istiyormuş.

Allah'ım affet, anlayamadım.

Taşıdılar işte evin içerisinde ne var ne yoksa. Sonra o meraklı gözlerin sahipleri gitti sıcacık evlerine. Sonra ben de gidecek

Salih Çağlayan

gibi oldum ama yediremedim. Çünkü hâlâ oturuyordu kaldırımda. Yengeyle çocuğu göremedim. Soramadım da neler oldu diye. İçimde kalmıştı çünkü elimden gelenleri yapmamış olmam, çok geç olması falan işte.

Sonra haftalar geçti, hiç görmedim Hulusi Abiyi. Çalışıyoruz ya biz de iş güç, pek kaldıramıyoruz kafayı.
Sonra bir gün haberi geldi, borcuna karşılık girmiş içeri. Günlüğü otuz liradan yatıyormuş. Tam otuz.

Ziyaretine gidelim dedik, ciğerimizin orada tutuşacağını bilmeden. İşler güçler, evraklar, ikametgâh falan derken eninde sonunda aldılar bizi yanına. Sorduk, "Abi ne oldu birden böyle?" diye.

Anlatmaya başladı.
Anlatıyorum, okuyun:

"Yengenle mutluyduk çocuk doğana kadar, Salih. İyi kötü geçiniyorduk. Faturalar, kira, mutfak masrafı bir şekilde çıkıyordu. Yoruluyordum ama mutluyduk işte. Sonra doğdu bizim ufaklık. Kaşı gözü aynı ben, huyu yengene çekmiş; iki aylık olunca anladık. Yengen de inatçıdır. Kolay varmadı bana, biliyorsun bu muhabbetleri.

-tebessüm ettik-

"Sütten kesildi bizim oğlan iki aylık olunca. Ne yaptıysak olmadı, annesi gibi inatçı o da. Mama alalım dedik ama bizim cebimiz alır mı oğlum o kadar şeyi. Mecburduk ama, aldık. İda-

Filler ve Bulutlar

re edemedik. Salih, şerefsizler mamanın paketine yirmi dokuz doksan fiyat koymuşlar. İlk gördüğümde bozuntuya vermedim ama kanım dondu. Günlük otuz beş liraya çalışan bir adamdım işte ben. Ama karnını doyurmasam olmazdı ufaklığın. Sonra çift vardiya çalışmaya falan başladım ama lastik bir kere delinince eninde sonunda patlıyor oğlum."

"Kötü olmuş be abi," diyebildim sadece. Sonra biraz tebessüm ettiysem de, **yutkunamadım.**

Düşünün... Oğlunun karnını doyurmak, faturalarını ödemek için çalışan bir adamın, borcuna karşılık hapishaneye düşmesini düşünün.

İçecekseniz de gidene kalana değil, sorumlulukları var diye ölmemek için dua edenlere için.

***

Salih Çağlayan

Benimleydi ama biz değildik,
mesafeden ziyade yıpranmışlık vardı aramızda.

Filler ve Bulutlar

Bir his,
Seni olduğun kalabalıktan sıyırıp yalnız hissetmeni sağlıyor.
Bir his,
Seni öldüğün kalabalıktan sıyırıp yalnız kalmanı sağlıyor.

Gittiğin günün ertesi nasılsa bu şehir, bu ev; yürek de öyle. Dağınık, körpe, yangın yeri... Uykularım ara ara. Gözlerim, mor rengini kıskandıracak derece. Ve sen hâlâ çok güzelken, elimden bir şey gelemiyorsa senin uğruna... Affet...

Affet bir gece vakti,
Kırdıysam, affet.
Kızdıysan, affet.
Üzdüysem seni olur olmadık sebeplere, içimdeki sen uğruna, affet.

***

Salih Çağlayan

Bir ses yükseliyor yan odadan, "Yapma!" diyor bir anne çığlıklarla. "Yapma..."

Ruhum, gebeyken acıya
Tat alamıyorum yaşamaktan
Ve yaşadığım şeyi hayat sanmaktan.

Komşular duyar diye endişe etmiyorum artık,
Onlar da alıştılar.
Onlar da artık bizim içimize karıştılar...

Bir sigara daha can veriyor küllükte
Ve hiç olmadık durumlarda can veriyor bazı insanlar bazı yerlerde.

Bir ses yükseliyor yan odadan, "Yalvarırım!" diyor bir anne çığlıklarla. "Yalvarırım..."

Ardından yalvarışlar, yakarışlar, biraz da umursamazlıklar,
Babadan...
Küçük bir kız ağlıyor karşımda yatan bazada,
Güneşin doğuşu için yalvarıyor biraz da.

Filler ve Bulutlar

Kulağımda takılı olan kulaklık sanki vidanjör,
Beynimin içini çekiyor biraz biraz.
Gözyaşlarımı çekiyor,
Çığlıklarımı,
Sustuklarımı...

Bir ses yükseliyor odadan, "Yapma!" diyor bir küçük kız çığlıklarla. "Yapma baba, yalvarırım, yapma..."

Ben hâlâ yatıyorum ve kulağımda vidanjör...
Bitmesi için yalvarıyorum.
Susmaları için,
Sustuklarında içimi kusmam için...
Ağlıyorum usulca, içime içime...
Boğuluyorum...

**Ve bir ses yükseliyor içimden,
"Yapma," diyorum...
"Yapma baba, yalvarırım..."**

***

Salih Çağlayan

Bir veda borçlusun bana, çocukluğumdan yadigâr...

Kahkahalarının ardından sakladığın hüzün
Ve yüzünün ardında saklamak güzünü
Biraz günah
Biraz bana mubah.
Sevgi, iki bacak arasına gizlenmişken,
İçimi açtığım bu coğrafyada.
Gözyaşlarımdan sorumlu tutamıyorum kimseyi.
Bir sokak köpeği gibi
Muhtaç kalmak sevilmeye
Ve ağlamak,
Gözyaşını tüketene dek,
Biraz günah,
Biraz bana mubah sevgilim.

Bir veda borçlusun bana, erkekliğimden yadigâr...

Ellerimin arasından kayıp giden bir yaşam,
Müşkül hayata direnmeye çalışan bir beden,
Unutulmaya yüz tutmuş cümleler,
Söylenmesi yasak hitaplar,
Kurulması zor fakat yıkılması çok basit hayaller.

Filler ve Bulutlar

Bir veda borçlusun bana, sevdamdan yadigâr...

Kayıp giden bir yaşamsa ellerim arasından,
Olsun.
Olsun
Sevdalanmak çiçeklere,
Toprağa,
İnsan kalıntısı olmayan şeylere...
Yasaksa sevdalanmak,
Olsun.
Olsun...
Bir sevda
İnsanları sürüklüyor ise bir şehrin peşinden
Ve şikâyet etmiyorsa insanlar o sevdanın peşinde gitmekten,
Olsun.

Bir veda borçlusun bana, yaşamımdan yadigâr...
Ama
Helal-i hoş olsun.

***

Salih Çağlayan

Birileri vurulur bilmediği bir sokakta,
  hiç beklemediği bir anda.
Birileri kaçar gerçeklerden korktuğu için.
Birileri boş alkol şişeleriyle avutur kendini.
Birileri başını koyacak bir omuz bulmuştur elbet
  yolun en başında.
Birileri yaşamaya korkar.
Birileri ilk zamana dönmeye çalışır.
Birileri yalanlarla avutur kendini.
Birileri yeni bir arayış içindedir her dakika.
Birileri boş sahil banklarına kazır hikâyesini.
Birileri şiirler yazar sayfalarca.
Birileri evinin yolunu unutur.
Birileri tekelin yolunu gözü kapalı bulur.
Birileri canın olur.
Birileri o canına kıyan.
Birileri hiç beklemediğin bir anda atar elini omzuna.
Birileri hiç bilmediğin bir anda saplar bıçağını sırtına.
Birileri bilemiştir bıçağını.
Birileri köreltmiştir tüm duygularını.
Birileri uğruna her şeyi feda edecek kadar vefalıdır.
Birileri kaçar savaşlarından korkakça.
Birileri yaralanır yolun en başında.

Birileri oturup ağlar sadece tüm gece boyunca.
Yani hayat durmaz sen üzüldün diye.

***

Filler ve Bulutlar

Bizim güneşimiz battı.

Şey var ya, hani şu kafanın içini tırmalayan düşük ihtimaller. Bu kadar zaman geçtikten sonra mesela. Bir araya gelsek seninle, anca geçmişten konuşuruz, canımızı yakarız. Yaralarımızın kabuklarını kaldırır, çektiğimiz acıya küfür ederiz. Birbirimize kızarız, suçlarız birbirimizi. Bolca küfürler ederiz, belki güleriz ağlanacak halimize.

Belki sarılırız, belki barışırız, belki de daha kötü oluruz şimdiden. Belli mi olur, belki bir büyük açarız, belki bir küçük. Belki sarhoş olur da sar/hoş olayım esprileri yaparız birbirimize. Güleriz lan belki!

Belli mi olur, o gece huzurlu bile uyuyabiliriz, yastığa kafayı koyduğumuz gibi uyuyabiliriz belki.

Belki işte şimdi sadece.

Şimdi sadece belki.

"İhtimallere sevinir oldum ulan, halime bak!" diye bağırmak istiyorum şimdi sana.

Dahası var mı bunun?

Ben artık senin hiçbir şeyin değilim, demiş Yıldız Abla.

Böyleyiz işte şimdi.

Kahretsin!

İşte ihtimaller ve ihtimaller artık.

Artık dua, artık âmin seninle ben... dahası yok...

Her şeyler oluyor bitiyor da şu hayatta, eskisi gibi olmuyor...

***

Salih Çağlayan

Gece saat yine geç olmuştu.
Tam bana, "Uyu artık, sonra uykunu alamıyorsun," dediğin saatlerdi.
Ve saçların, akşamüzeri semadaki cıvıl cıvıl kuş seslerini kıskandıracak güzellikteydi, yine.

Yine, gözlerin gökteki aya meydan okuyordu parıl parıl.

Ve yine, tekrar tekrar, ellerin eski bir köstekli saatin mekanizması gibi, küçük parçaların değişmez yerleri gibi yerindeydi, elimdeydi.

Gülüyordun bana aptal aptal ve ben dünya üzerinde diyordum kendi kendime. Dünya üzerinde bundan başka bir şeye ihtiyacım yok!

Sonra,
Sabaha karşı saat beş buçuk gibi güzeldi yüzün.
Ve ben yine dünya üzerinde diyordum kendi kendime. Dünya üzerinde bundan başka bir şeye daha ihtiyacım yok!

Öyle veya böyle işte.
Her şey kusursuz güzellikteyken, bir radyo sesi bozdu tüm oyunu. Radyoyu açık unutmuşum, çekyatta uyuyakalmışım.
Gece yarısı aniden uyandım, radyoda şöyle bir şey çalıyordu:
"Her gece bölünüyor uykularım, sancıdan..."

***

Filler ve Bulutlar

"**Böyle olmasaydı, nasıl olurdu?**" diye düşünürken fotoğrafına ilişti gözüm.

Bakakaldım birkaç dakika, "uğruna" diye kurulan her cümlede, özne sıfatı taşıyan ismin yer alırken, "Sahi," dedim. "Böyle olmasaydı, nasıl olurdu?"

...
...
...

Sonra bir sigara yaptım kendime. Cevabını aradığım sorular, canımı yakacak mıydı sahi?

Ya da böyle olmasaydı,
Sevseydin,
Biz olsaydık,
Nasıl olacaktı, sahi?

***

Salih Çağlayan

Bu devir çok kötü be oğlum.

Umudu ölmemişe deli diyorlar. Arayış içinde ve bekleyişini sürdüren, alnına kurşun yemesine rağmen koşar adımlarla yürüyene, bir litre şarap içmeden uyuyamayanlara da öyle.

Ben Uşak'ta yaşıyorum. Bizim buralarda meşhurdur Deli İsa.

Sorduğu, insanlara garip gelen soruları sayesinde yedi bu deli damgasını.

Sevdiği kollarındayken bir gün, ertesi gün işler değişmiş.

Kadın bırakıp gitmiş İsa Abiyi.

Bir daha haber alamamış.

Delirmiş diyorlar ama ne delirmek!

Su içtiği çeşmeye soruyor benim Ayşe'm senden su içti mi hiç, diye.

Benim, diyor adını söylemeden önce sevdiğinin.

Yirmi yıl geçmiş kafadan ama hâlâ kabullenememiş bir gidişi.

Soruyor lan gelene geçene Ayşe'mi gördünüz mü, diye.

Umuda bak, delirtiyor adamı.

Öyle delirmek ki bu, uyku bırakmamış adamda.

Ne zaman çıksam İsmet Paşa'ya, elli metre ileride geleni geçeni izliyor.

Kabullenememek,
Kabul edememek,
Yedirememek...

Çok başka duygular bunlar.

***

Filler ve Bulutlar

Bugün birkaç şey okudum.

Ve ben bugün anladım ki senin bağırıp çağırmalarını insanlar anlayamayabiliyor, ama karşına çıkan iki kelime sanki seni yıllar öncesinden beri tanışıyormuş gibi anlayabiliyor.

Bugün beni anlıyordu birkaç kelime.

Beni anlatıyordu.

Ben bugün, bir can simidine sarılır gibi sarıldım bir şiire.

Korktum bugün. Birkaç kelime, bir insanı nasıl olur da bu kadar iyi tanıyabilirdi?

Nasıl yaralarımı sanki her gün pansumanını kendisi yapmış gibi bulabilirdi, eliyle koymuş gibi?

Ben bugün bir şiirde aradım seni.

Eskiden hangi kalabalıkta olursan ol, tanırdım seni. Belki biraz yalnızlığından, belki biraz masumluğundan.

Şimdi bilmiyorum bir sokak köşesinde karşıma çıkarsan, tanıyabilir miyim seni?

Biliyor musun, korkuyorum.

Ya yıllar geçer ve senin yüzünün çizgileri yaşını çoktan geçmiş olursa ve ben seni ilk günkü gibi seviyor olmama rağmen dün görmüş gibi anımsayamazsam?

Artık seninle ayrı sabahlara uyanmaktan değil, seni tanıyamamaktan korkuyorum.

Ne acı, değil mi?

***

Salih Çağlayan

Bunun adı sevgi, onun adı değil.
Bir anne düşünün, geçen ay kanserden kaybettiği kızı için saçlarını bağışlıyor.
Hayatta bazı acılar vardır.
"Bazı yaralar yaralıdır."
Aslında sevgi buralarda saklı, alınan pahalı hediyeler veya ucuz çiçeklerde değil. Söylenen sözcüklerde değil sevgi, rencide olmasın canına yandığım diye düşünülerek yutulan kelimelerde.

Bu, bir yitirilme durumu.
Bu, bir kaybediş.
Bu kaybın dönüşü olmuyor.

O raporu okuduktan sonrası yaşanılanlar:

Evlenirsek şöyle şöyle yapalım, böyle yapmayalım da şuraya gidelim içerikli tozpembe hayaller kurduktan bir hafta sonrasıydı ve bir hafta sonuydu.
"Ciğerlerimde bir ağrı var. Seni ilk gördüğümde midemde uçuşan kelebekler sanki ciğerlerimde intihar partisi düzenliyor, Salih."

Filler ve Bulutlar

Edebiyatın doruğu gibi kadındı Leyla'm. Ciğerlerine saplanan acıdan bahsederken bile inceden anlatırdı bana, beni sevdiğini.

Doktora gitmeliydik ve öyle yaptık.
Biz eti ve tırnağıydık aşkın Leyla'yla.
Her işimiz beraber oldu, bir tanesi hariç.

Sonra diğer testler, kontroller, hastane kuyrukları, röntgen tarihleri derken elimize Leyla'nın kanser olduğunun, tedavi olması gerektiğinin ve tedavi yöntemlerinin yazılı olduğu bir kâğıt geçti. O toplasan yüz kelime etmeyecek kâğıt, hayatımın renklerini çalacak kadar sağlammış, bilemedim.

Ciğerinde gerçekten ölü kelebekler varmış ve o kelebekler uzun süredir cansız bir şekilde orada yatıyormuş sanki. Biraz geç kalmışız işte.

Kanser Leyla. Garip.

Değildir dedik, bir yanlışlık olmalı dedik ama tedaviler başlamıştı işte. Saçları çok döküldü falan. Zaman geçti işte. Tedaviler, ilaçlar, kanlı peçeteler ve Leyla, garip geliyordu bana. Anlamlandıramıyordum. Yeşil gözlerinin altına, vazoda duran çiçeklerin morundan eklenmişti bir süre sonra. Şiirlerine ölüm bulaşmıştı, kolları süzgeç gibi olmuştu iğne yemekten Leyla'mın.

Ben bir şey yapamıyordum beyler.
Sadece dua edebiliyordum.
Nasıl hissettirdiğini yaşamadan tahmin bile edemezsiniz.

Salih Çağlayan

Çok şey öğretti bana o hastane günleri.
Mesela, hastanelerdeki çiçekler sadece vazolarda durmuyor, bazıları yoğun bakım ünitesinde tedavi bile görebiliyormuş.

Leyla, yoğum bakım ünitesine girebilen tek çiçekti.
Ve çiçek soluyordu!
Allah'ım, yardım etmeliydin!..

Elimize o, Leyla'nın kanser olduğu, tedavi olması gerektiğini, tedavi çeşitlerini anlatan kâğıt geçtikten,
9 ay 22 gün sonra, garip bir gün gelip çatmıştı.

Aylar sonra Leyla ile ilk defa ayrı ayrı şeylerle meşguldük. Onu yıkıyorlardı. Yatağı beyaz çarşaf kaplı değildi o gün. Griydi, metaldi ve soğuktu. Kapıda *Yoğun Bakım* değil de, *Morg* yazıyordu.

Sonrası selam işte.
Sonrası musalla taşı.
Sonrası cenazesinin namazı Leyla'mın.
Sonrası cenazesi Leyla'mın.
Sonrası toprak.
Sonrası toprak.
Sonrası toprak...

Leyla, beynime şarjörlerini boşalttı o gün
             şehrin tüm silahlarının.
Acıttı Leyla.
Leyla, seni benden aldılar.

Filler ve Bulutlar

Ya Rab! Çiçeğimi kopardın.

Leyla, iyi değilim.

Şimdi annen saçlarını kanser hastalarına peruk olsun diye kestirip bağışlayacakmış. Öğrendiğimde dokundu biraz bana, o yüzden yazdım bu kadar. Senin öldüğün gün, tarayacak kadar bile saçın yoktu Leyla...

Leyla, özlüyorum.

***

Salih Çağlayan

Çooook sonra gördüm onu. Küçüklüğünde çok tatlıydı. Köprünün hemen başında mendil satardı. Hep oradan geçerken alırdım, yüzü gülerdi. Bir insanın yüzündeki o tebessüme sebep olmak, hele ki bir çocuğun yüzündeyse o gülümseme, ne büyük mutluluktur, bilirsiniz. Bir gün yenildim merakıma. Sordum, "Ne işin var burada? Yaşın ufak, okumaz etmez misin be çocuk?" diye. "Yok, abi," dedi. "Bir kardeşim var. Annemi hiç görmedim. Babam ara sıra uğrar yanımıza. Teyzem, dayım, amcam var mıdır bilmem, hiç görmedim. Burada mendil satıyorum, akşamları kardeşime bir şeyler götürüyorum. Böyle yaşayıp gidiyoruz. Hiç okula gitmedim ki ben ama hep gitmek istedim. Okuyup takım elbiseler giymek istedim hep," dedi. Yüzü düşmüştü, yüzündeki gülümseme yerini hüzne bıraktı. Yutkundu birkaç sefer. "Sen, her şeyin en güzelini hak ediyorsun," dedim. Bir mendil aldım gittim.

Yıllar geçti, seneler yerini bir sonraki seneye devretti hızla.

Geçenlerde gördüm o çocuğu. Çok büyümüş, kocaman adam olmuş. Bir ayakkabı boyama taburesi var, ayakkabı boyuyormuş artık. Kardeşi de büyümüş, çok yakışıklı olmuş. O gözlerindeki umudu gördüm, yaşama hevesini, hayata tutunmaya çalıştığı o dalı. Her gün onlarca insan o çocuğun önünden geçer. Belki dikkate almazlar, belki yüzüne bile bakmazlar ama o, umudunu hiç kaybetmemiş. Hayat orada güzel işte. O umutta saklı her şey. O umut yaşatıyor insanları. O umut büyütüyor. Kaçmak, gitmek çok kolay. Dimdik durmak yaşatıyor insanı. İnsanların umudunu kırdığı yerden değil, kendi umudundan bakınca hayata, o umut yaşatıyor işte insanı.

***

Filler ve Bulutlar

Dik dur. Sakın. Şimdi yeri değil. Şimdi sırası değil. Sen erkeksin. Dik dur. Güçlü olman lazım. Hayır. Şimdi değil. Güçlü olman lazım. Dik durduğunu görüp onların da senden güç alması lazım. Şimdi olmaz. Gece. Yalnızken. Yatağında. Asla şimdi değil.

***

Salih Çağlayan

Düşündükçe, yutkunuyordum.
Ağlamıyordum ama kafamın içindeki sesleri bir ara ayrıca oturup anlatayım sana, bilmen lazım.

Kafamın içinde dönüp durdu sabaha kadar sorular ve işaretleri çengel gibi saplandı beynime.
Gözlerim acıyordu artık.

Sabah olduğunu evin önünden geçen simitçi sayesinde anladım. Farkında değildim ne sabah olduğunun, ne sigaramın bittiğinin, ne de gittiğinin.
Farkında değildim.

Ağlamıyordum ama kelimelerim birkaç şairi intihar ettirebilecek düzeydeymiş, yanımdakilere sor.
Hatırlayamıyorum.

Söyleniyorum çocuk gibi.
Başka şehirde yapamazsın sen, yanımdan başka yerde rahat uyuyamazsın. Tanırım seni, yattığın yeri ararsın.
Karnın acıkır, bizim dürümcüyü falan ararsın oralarda. Yapamazsın diyorum ya işte, anla. Saçmalarsın.

Filler ve Bulutlar

Seni taşıyan otobüs hareket ettiğinde içimde birkaç parçam kopmuştu. Konuşuyordum ama dilime, kelimelerime ihtiyacım yoktu o an. Zihnim bana durum raporu veriyordu.

"Bak yine bir otobüs terminalindesin, yine gidenin arkasından sallıyorsun yazı yazdığın elini."

Bilemiyorum şimdi ne yapacağımı.
Darmadağın değilim ama biraz dağınığım.
Ama kızdığın, kızabileceğin türden olanından değil bu.
Bu yatağımı, çekmeceleri dağıtmam gibi değil. Bu beyin dağınıklığı. Hem de ateş etmeden!

Dile kolay,
Gönlüme zor.

Evde ara sıra sevdiğin şarkılar çalıyor.
Şarkı bitmeden,
Ben bitiyorum.

Gidecek bir yerin olduğunu unutur musun gün gelir de veya gün gelir de sen gelmez misin,
b i l m i y o r u m.

Senden sonra hiçbir şeyi bilmiyorum ben Leyla.
Öğret, benim.
Buradayım.

***

Salih Çağlayan

Eskiden çok güzeldi. Biz çocukken galiba her şey daha güzeldi. Mesela o aileden gizli içilen ilk sigara... O telaş... Merdiven altı içilen alkoller... Akşam ezanından sonra sokakta durmanın verdiği o gurur... Her sabah uyandığında içindeki o pervasız umut... Büyüme hevesin... Cebindeki yirmi lira ile kendini zengin sanıp gülümsemen... Tahta sıralarda o zil sesini beklemen... O ilk aşk... İlk öpüşteki heyecan mesela... Birine sarılırken o tamamlanma hissin... Elini tuttuğunda birinin o utanma hissi mesela... Gerçekten her şey eskiden güzeldi. Biz büyüdük ve çirkinleşti dünya.

***

Filler ve Bulutlar

Evde yüzlerce saksı var ama sen sadece bir tanesine su vermek için dakikaları sayıyorsun.

Günlerden pazardı ve üstüne üstlük Eylül ayındaydık.
Bilmiyordum,
Birkaç dakika sonra göreceklerimi.
Anlamıştım aslında, çünkü ne yazık ki bana bakarken gözlerin kaçıyordu. Çünkü ne yazık ki ellerin titrek titrek aranıyordu sanki bir başkasını bekler gibi.
Çünkü ne yazık ki aslında saate bakışından belliydi gelecek gidiş.

Fark edememiştim, olacak olanları.
Engel olamadım olanlara...
Ne yazık...

Yürürken bir soğukluk girmişti zaten içime.
Belliydi zaten göreceklerim, sadece ben biraz çocuktum.
Çünkü daha yumruğunu yememiştim sevdanın.

Salih Çağlayan

Neyse.
Gördüm onları.

O yüzden kelimelerimdeki dağılışı mazur görün. Bu, beynimden yediğim ilk kurşunumdu.

Aslında bahsetmek bile istemiyorum gördüklerimden, sadece hissettiklerimi anlatacağım size bugün.

O gün aklıma bundan sonra başka başka yataklarda, başka insanların yanında uyanacak oluşumuz geldi.

Ardından, aynı sabahlarda başkalarına günaydın diyeceğimiz.

Ardından, aynı hafta sonunu başka insanların yanında geçireceğimiz.

Sonra anneler günü yaklaşıyordu ve bir gün anneler gününde çocuklarının sana getireceği çiçekler geldi.
Yutkunamadım.
Sana benzeyip, bana hiç benzemeyen çocukların dünyaya geleceği aklıma geldiğinde,
Yutkunamadım.

Leyla, bu ayrılık bana göre değil.
Ne olur, geri dön demeye dilim varmıyor.
Anla beni.

***

Filler ve Bulutlar

"Farkına varıp,
Canımı zor bile kurtaramadım.
Bir kedi olarak yaratılmadım, şanssızım.
Dokuz tane cana sahip olamadım."

Olmuyor ya eskisi gibi.
Anlatıyorum, dinle.
Tekrar yaşanır bazı güzellikler.
Tekrar yaşanılabilir bazı güzellikler.

Ama eskisi gibi olmaz.
Ama eskisi gibi olmaz.

Şans bu ya; bir olayı, bir anıyı, bir günü, bir şarkıyı işte, herhangi bir şeyi unutabiliyorsun da, nasıl hissettirdiğini unutamıyorsun.

Çıkmıyor ya aklından,
o
gece
yaşadıkların.

O
gece
hissettiklerin.

Salih Çağlayan

Çok mutlu olabiliriz tekrar. Sevişebiliriz, beraber sarhoş olup sar/hoş olayım ayakları yapabilir, cebimizdeki son parayla, paramızın yettiği kadar sigara alıp ciğerimizi ortaya koyabiliriz. Yeni çıkan bir filme gidip saatlerce öpüşebiliriz. Beraber yemek yiyip saçma sapan fotoğraflar çekinebiliriz, ama...

"Her acının önünde bir ama olur," derler ya!

Ama ben o mermiyi yedim bir kere kalbime, aklıma, fikrime. O kalp artık senin yanında ritmini bozmaz.
Artık bu çirkin suratım, eskiden olduğu gibi sadece senin yanında güzel güzel gülümseyemez.

Karnımın üzerinde saatlerce uyuyabilirsin ama o kelebekleri gömdüm ben bir kere.

Tekrarı
Olmaz.

Üzgünüm, ama bu anlattıklarımdan dolayı değil.
Seni, mezara girsen bile her gün en az bir defa ziyaret edebilecek birini kaybettiğin için.

Üzgünüm.

***

Filler ve Bulutlar

Hani bir süre sonra tat vermiyor ya eskisi gibi bazı şeyler. İlk günkü gibi acıtıyor ama ilk günkü gibi mutlu etmiyor ya bazen değer verdiğimiz şeyler, anılar, insanlar.

Sen benim günbegün, gözümün önünde kaybettiğim mücadelemsin.

Fark etmiştim bir zaman sonra. Bir gün geldi mesela ve yanımdayken ellerin üşüyordu ve bu acıtıyordu. Sonra saçlarımda eskisi kadar ellerini gezdirmemeye başladın ve bu daha çok acıtıyordu. Ya sen beni bir çocuk gibi yatırmıyordun omzunda, bu çok başka bir acıydı. Ardından küçük tartışmalar başladı. Klasiktir ya hani bunlar, tıpkı bir cenazenin mezara kadar aldığı yol gibi.

"**Benimleydin ama, benim değildin sanki.**
Benimleydin ama beni sevdiğini söylerken,
Ellerin jiletti, sesin intihar.

Yanımdaydın, ama sana her baktığımda kendi infazımı görürdüm gözlerinde."

***

Salih Çağlayan

Bir şehrin en hüzünlü yeridir otobüs terminali.

Filler ve Bulutlar

Hepimiz bir yerlere yetişmeye çalışıyoruz. Sürekli hareket halindeyiz. Bazılarımız kaçarken bir şeylerden, bazılarımız yakalama gayretinde. Uzun bir maraton, yaşamak. -intiharlara saygımız sonsuz hanımlar/beyler- Ayaklarıyla değil, kalbinin sağlam kalan yerleri ile yarışı bitireceğini düşünenler... Merhaba. Umut, içimizdeki kör kuyudan gelen bir ses. Hiçbirimiz kuyuya inecek kadar cesaretli değiliz. -kuyuyu yumruklarıyla dolduranlara saygımız sonsuz hanımlar/beyler- Hepimiz bir yerlere yetişmeye çalışıyor. Hayat maraton falan. Bak, o maratonda kaldırıma oturup bekleyenler var. Ben en çok onlara üzülüyorum işte. Ama bir de bakıyorum, onlardan biri oluyorum. En çok kendime üzülüyorum işte ama kendi yaramdan sıyrılıp sana gelemiyorum.

***

Salih Çağlayan

Hiç
aklınıza
geldi
mi?

Sırtında kelebek dövmeleri olan koca koca adamlar, neden sürekli kaşlarını çatmış ve ciğerini evden çıkmadan önce masaya bırakmış gibi, sürekli kavga edip insanlara zarar veriyor?

Hiç
düşündünüz
mü?

Saçlarını yapmak için saatlerce uğraşıp, makyajını yarım saatte bir tazeleyen kadınların neden sürekli somurttuğunu?

Aklınıza
geliyor
mu?

O küçük çocuklar artık mahallede top oynamak yerine, apartman köşelerinde babalarından çaldıkları sigaraları neden içiyor?

Aklınıza
gelir
miydi?

Filler ve Bulutlar

Daha ortaokula giden kız çocuklarının, çantalarında doğum kontrol hapları saklayacağı hiç aklınıza gelir miydi?

Neden
olmasın
diyebilir
miydiniz
bu
yapılanlara?

Artık evlerin pencerelerinde neden saksılar dolusu çiçekler yetiştirilmiyor veya neden kaldırım çiçekleri sanki bir sigara izmariti gibi çiğnenip katlediliyor ve işin garip yanı, artık böyle ince şeyleri insanlar neden umursamıyor?

Hani demişler ya; intihar etmeden önce kadın aşağıya bakıyor, çarpıp birine zarar vermeyeyim diye.

Bu dünya çok çirkin, pislik bir yer abi. Ruhu ince, kalbi temiz olan insanların yaşamını sürdürmesi gereken yer burası değil. Gitgide kirleniyor hayatları insanların. Artık, koskoca adamların, kadınların yapmaya utandığı şeyleri küçücük çocuklar saksıya çiçek diker gibi, sokaktan geçen simitçiyi balkondan çağırır gibi öyle sıradan, öyle kolay yapıyorlar.

Artık burası,
İyi bir yer değil.

***

Salih Çağlayan

- İnsan, birini falan özlemiyor. Sadece bir şeyler hissetmeyi özlüyor.
- Oysa ben sadece halini hatırını sormayı ezberledim, geri kalan her şey ezberimde...

Sevda okyanusunda, farklı bir su damlası aramaya benzer diğer insanlardan farklı olduğunu sanmak. Lakin bir okyanusta farklı bir su damlası aramak -biraz- deliliktir.

Bir şey ilkse eğer, değerini bil. Çünkü bir daha hiçbir zaman aynı hissi vermeyecektir. Çünkü bir şarkıyı duyuyorsan ilk defa, bir sonraki seferler aynı tadı vermez. Bir şiir de öyle. Bir koku da. Bir kitap da.

Ve bir insan da...

Bir şeylere kırıldığımda parçalarım hep etrafa dağılır.

Uyandığımda, dünden kalan kahve bardağını çalkalayıp yeniden kendime bir kahve yapmam, selam.

Midem boşken bir sigara yakmam, selam.

Selam, gündüzleri ruhumu sıkışan bu özlem duygusu.

Çıktığımı sanırken aslında daha dibe battığımı anlatan kirden pastan aşınmış parmaklarım, selam.

Filler ve Bulutlar

Selam, güneşi saklayan kadın.

Sevdasının önüne geçip, bir geleceği mahveden bir gurur, selam.

Selam, bir sabah uyandığımda kendimi hafif hissetmeme sebep veren kalpsizliğim.

İçimdeki boşlukları yumruklarımla doldurmuş olmam, selam.

Selam, içimde birikenleri anlatacağım günü bekleyen his.

Yatağımın bana mezar olduğu gece, selam.

Selam,
Büyütemediğim papatyam,
Ada'm,
Kızım...

"Sela – m..."

***

Salih Çağlayan

-İnsanın varacağı yer yola çıkmadan belli ise, ne kadar kaçabilirsin ki?
-Bilmem. Belki bir başka insan kadar uzağına...

Şarkıların daha anlamlı geldiği vakitlerde, süzülürken gözlerinden bir damla yaş, yaktığın sigaranın çıtırtısı geliyorsa hâlâ kulaklarına, bitmedi. Bitmeyecek. Öyle kolay olmayacak hiçbir şey. Dikiş atılan yer gibi, yanık yarası gibi her şeyin izi kalacak. Her insanın izi kalacak. Her insanın bir anısı yaşayacak içinde. İki can taşıyacaksın içinde. Geçmesini bekliyorsun, biliyorum.
Göğsünde bir boşluuuuuuuuuuk...
Ah, rüzgâr ya da çocukluğumdan gelen bir sapkınlık bu göğsümün ortasındaki boşluktan geçen şeyler.

Bir hissin omuzlarımda ağırlık yapmasından yorulduğunda kaldırıma çöküp sigara yakmak istiyor insan. Aynı kaldırımda yanmak... Aynı izmaritte sönmek... Yürürken salına salına kaldırımlarda, gözlerine çarpmıyorsa kaldırım arasında yeşeren otlar, bitmedi daha. Bitmeyecek.

Filler ve Bulutlar

İnsanlar zinciri gibidir yaşadığımız hayat.
Elbet herkes kırmak ister zincirleri.
Elbet herkesin kendine göre haklı noktaları vardır.
Elbet herkesin gideceği yerler.
Elbet herkesin sığınacağı insanlar.
Elbet herkesin saklayacağı yaralar.
Elbet herkesin gizleyeceği hikâyeler.
Elbet herkesin gözlerini yumduğu anlar.
Elbet herkesin gözü gibi sakladığı sokaklar...

Göğsümün ortasında bir boşluk... Geçecek, diyor. Biraz daha dayan, geçecek.

***

Salih Çağlayan

*"İşlenmişse bu cinayet, kesilmişse bu bilek,
Senden sebep Leyla."*

Parmak uçlarımın parça parça olması senden sebep.
Konuşasım, bağırasım geldikçe susuyorsam, senden sebep.

Hiç anlatmadım sana ama çocukluğumu bulmuştum ben. Hiç yaşayamadığım, cüzdanda kalmasın diye harcanan bozuk paraya benzeyen çocukluğumu. Çünkü sen yanımdayken acıtmıyordu bu kadar her şey. Kesilen bir parmak, yüzülen diz kapaklarım, morarmış gözlerim... Bu kadar acıtmıyordu!

Dün balkon kapısını açmaya çalışırken aklıma geldi. Bozuk biraz bizimkisi, eskidi artık tabii. Neyse işte, dün aklıma geldi. Eylül ayının on dördünde dizlerinde uyuyakalmıştım, hatta yıl 2012'ydi. Böyle küçücük bir çocuk gibi hissediyordum kendimi. Annemden yıllarca göremediğim şefkati, saçlarımda dolaşan beş parmakta görmüştüm. Unutmuyorum. Ürkütücü ve bir o kadar da mükemmeldi. Ben sanıyordum ki içimde kalmadı artık yaşayan bir şey, hissedemem. Öyle değilmiş. Özlemişim, kışın sokakta top, yazın bahçede kar oynamayı özleyen çocuklar gibi.

Sigaramı yaktım ve çayımı içtim sonra. Daha sigaranın yarısına gelmeden elim gitti telefona. Arayacaktım seni ve mermi gibi kelimeler kullanıp anlatacaktım seni özlediğimi, koymuştum kafaya. Sikmişim alacağım cevabı, sesini duysam yeterdi bana.

Filler ve Bulutlar

Yetmezmiş.

Biliyor musunuz? Arar aramaz açtı, numaramı kaydetmediğinden ve numaramı tanıdığından eminim. Gururlu bir mağlubiyet. Neyse, açtıktan birkaç saniye sonra sesini duydum. Mermi gibi olması için özen göstereceğim cümleler saplandı başımın içine, beynime teker teker. Her nefes bir öncekinden daha derin oluyordu. Anlatamıyorum, anlatamıyordum. Bilirsiniz.

"Zaaflar."

Sesini duyduğumda bir çocuk gibi olduğumu fark ettim.

Ninni dinleyen bir çocuk gibi uysallaştığımı, zincirlerimi sevmeye başladığımı, kanımın kaynadığını, derimin bir jiletle buluşmak için dua ettiğini de.

Konuşamadım, özür dilerim.
Diyemedim. Yapamadım.
Bağıramadım.

Öyle işte. Çoğu şairin de dediği gibi, hiçbir zaman sana karşı güçlü olamadım. Adını duyunca ellerimin titremesine hiç engel olamadım. Sesini duyunca beynime saplanan kurşunlara, yüzünü görünce vücudumun uyuşmasına, gülümserken fotoğrafını gördüğümde şu gelen acilen duyulan nikotin ihtiyacına engel koyamadım...

"Sen benim tek zaafım, en zayıf noktamsın. "

***

Salih Çağlayan

Kalkıp sana geldim çünkü ben hep bir yol hazırlığındaydım ve gidecek yerim yoktu işte.

Bir şarkı veya bir şiir olsun bu. Sana yazılan her kelime bir dünyayı anlatır ve dünyalar senin için yaşanır gibi saçma cümleler eklemeyeceğim bu yazıya.

Kustuğum nefretimi ve kalan inancımı kusmamak için dişlerimi kırarcasına sıktığım çenemi anlatacağım.

Çenemi sıkarken kırılan dişlerimin acısını anlatacağım. Gel şöyle, anlatacaklarım var!

Ben kalkıp sana geldiysem, bunun değerini bil diyeydi.

Yanında bulunduysam, ucuz şaraplar içip sabahlara kadar sevişmek için değildi. İşte sen bunu anlayamadın.

Tamam, belki sana geldiğimde,
Dudaklarımda binlerce kadının ruju vardı.
Ama senden başkası yoktu içimde.

***

Filler ve Bulutlar

Kapı sesleri var kafamın içinde, inanır mısın? Sanki hepsi yüzüme kapanıyormuş gibi geliyor. Böyle tam ayağa kalkacak gibi olursun da başın döner geri oturursun ya, öyleyim şimdi gün boyu. Yapacağım en ufak hareketi defalarca düşünüp, her seferinde hiçbir şey yapmamaya karar veriyorum. Hareket etmeye bile cesaretim yok artık Leyla.

Öyle sağlam düşmüşüm ki kalkamıyorum, korkuyorum ve buna saçma sapan bahaneler arıyorum. Annesinin en sevdiği porselen vazosunu kırdıktan sonra dayak yememek için yalanlar uyduran bir çocuk gibiyim şimdi. Öyle işte, dokunsalar kül olacağım gibi. Düşmenin acısı değil de, düşürülmenin buruklüğü var içimde. Güçsüzüm Leyla...

Hayatımdaki tüm renkler birkaç kelime karalamak için aldığım kalemlerde saklı artık. Eksiğim var, fazlam yok...

***

Salih Çağlayan

Kendimden doğarak öldüğüm her satırda,
Adını sayıklıyorum, her mısrada...
Züleyha,
Züleyha,
Züleyha...
Allah'ın hakkı üçtür, diyerek yazdığım bu satırlarda,
Dualarımda yer almandan bahsedeceğim.
Ve izin verirse
Sevgilim dediğin adam,
Seni kıyısına götürdüğüm o denizden...
Tanrı'nın bana bahşettiği umut
          kaybolursa bir gece karanlığında,
Ağlarsa bir çocuk annesinin yanında,
Öldürülüyorsa bir insan metal kurşunlarla
Bahsedeceğim sana.
Bahsedeceğim,
Ne kadar karanlık varsa adını sayıkladığım bu sokakları,
Ayın yansımasını gördüğüm her şehri,
Yazdığım her satırı,
Kurduğum her cümleyi...
Affetmek bir erdemdir, dediğin her gün gibi
Bu gece de burada bahsedeceğim her şey...

Filler ve Bulutlar

Bu bir,
Erdemdir.
Göğsüne bastırarak içine attığın şeyleri,
Göğsüne bastırarak içine attığın şeyleri
Göğsüme bastırarak içime yuttuğum şeyleri...
Bir delilikten bahsedeceğim sana,
              bir umuttan, bir kadından, bir çocuktan...
Züleyha, Züleyha, Züleyha, Züleyha...
Sigaramı söndürdüğüm kül tablasından,
Sigaramı yaktığım çakmağımdan,
Gezdiğimiz sokaklardan,
Adım attığımız caddelerden,
Bu satırları yazdığım defterden,
Senden,
Benden,
Bizden...
Bahsedeceğim şayet,
İzin verirse sevgilin.

***

Salih Çağlayan

Kısıktı benim sesim sigara içmekten,
Öyle olmalı yani.
Zira, gitme çığlıklarımı duymamış olmanın,
Başka bir izahı olamaz.

Filler ve Bulutlar

Korkuyorum Züleyha'm, bir gün bu sahte gülümsemelerim bitecek ve ben pes edeceğim diye. Korkuyorum, içimdeki karanlık odalarda aç bırakılmış boğalar kapılarını kırıp boynuzlarını kalbime saplayacak diye.

Ölmekten, ölmeden önce sevilmemekten korkuyorum. Bu şey beni içten içe öldürüyor.

Korkuyorum, içimin yangınları sönerse ve ben de kül olursam diye. Emek emek yetiştirdiğim çiçeklerimi birisinin koparıp kaçmasından, dünya telaşesinde koştururken bir an gelip benden bu kadar deyip oyunu bitirmekten korkuyorum Züleyha.

Bu oyun beni korkutuyor.

Salih benim adım, biraz kısa yaşadım ama yaşadım. Bir iz bırakabilmek için yaşadım.

Biliyor musun, hayatında hiçbir iz bırakamadan bu dünyayı terk etmekten çok korkuyorum.

Bitiş çizgisini kendim çekmekten korkuyorum!

***

Salih Çağlayan

Korkuyorum,
Bu hayat denilen yolun sonuna kestirmeden gitmeye karar vermekten.
Korkuyorum,
Bir gün bitiş çizgimi kendim çekmekten.

Avuçlarımda, senden arda kalan izler varken hâlbuki
Bir gece yarısı,
Ağlarsam sensiz
Ve ağlarsam yalnız sana,
Korkuyorum.

Bulut bulut gözlerim ve ardında mavisini saklıyorken üstelik,
Yanında sevdiğin bir adam,
Ve avuçlarında, avuçları...
Günbatımına karşı
Sarılıyorsan sevdiğini sandığın o adama,
Bu odada, tam da burada,
Asıyorsam kendimi bir tavana,
Korkuyorum sevdiceğim,
Korkuyorum...

Filler ve Bulutlar

Birine kırılırken, bir başkasında bütün oluyorsan,
Birinde bir bütünken, birinde parça parça kalıyorsan,
Ciğerinden çıkan -üstelik yalnız senin- ciğerinden çıkan bir koku,
Beni hatırlamıyorsa sana,
Korkuyorum sevdiğim,
Korkuyorum...

Hatırlar mısın?
Bir gece,
Üstelik yalnız sana adanmış bir gece
Adını saklardım...
Adını sayıklardım Uşak'ın bütün sokaklarına.
Ve gözlerinde
Bir başkasına ait gülümsemeler saklarken,
Üstünde bir başka adama ait kokular varken,
Ben, yalnız,
Adını sayıklardım,
Adını sayıklardım, Züleyha!

Şimdi, bir gece vakti, buraya bir şeyler bırakıyorum.
Şimdi buraya, senden kalan o yarayı,
Şimdi buraya, bizden kalan o ağrıyı,
Şimdi buraya, sizden kalan o namert sancıyı...

Korkuyorum Züleyha.
Korkuyorum sevdiğim...

***

Salih Çağlayan

Kumdan kaleler yaptığım o sahile gömdüm kendimi ve birkaç bira şişesi...

Alkol, kanıma karıştığından itibaren seni vücudumdan atmaya yeminli birkaç yalan... Ve arda kalan sadece sarhoşluk. Sarhoşluk... Sarhoşluk... Allah'ım, bir boşluk nasıl bu kadar ağır olabilir, diye sorduğum gecelerden arda kalan boş alkol şişelerini şimdi bir bir atıyorum...
Çöpe!
Kahrından ölmesini istediğim birinin, özleminden bana dönmesini istiyorum. Yollar, gitmek için değil Allah'ım, gelmek için de kullanılır, dediğim o geceyi hep sana hatırlatmak, sadece *sarhoşluk. Sarhoşluk... Sarhoşluk...*

Başımı koyduğum o şefkatli anne kollarından, yünlerle dolmuş bir yastığa... Bir kuytu köşeye saklanmış, herkesten kaçmış o sarhoş adamdan... Şimdi her şeye göğüs germiş, seni bekleyen, kollarında acı büyüten, besleyen ama daima seni bekleyen o ada-

Filler ve Bulutlar

ma... Geri dönmemeye yeminli o kadından, kapıma notlar bırakan o kadına... Sana... Sana... Sana... *Sadece sarhoşluk... Sarhoşluk... Sarhoşluk...*

Birkaç sigara ile kendimi avuttuğum o gece... Masallardan kendime benzetme yaptığım o maşuklardan bir gece... Bardaklarımızı şerefe, diye kaldırıp aslında şerefsizlik yaptığın o geceye... *Allah'ım, sarhoşluk... Sarhoşluk... Sarhoşluk...*

Boşluğuma sığdırmaya çalıştığım o insanlar... Onlarca insandan sadece sana... Kendi kabuğumu kaldırıp o yarayı daha derine, daha da derine... Sadece sana anımsatmaya... *Allah'ım, sadece ona... Eylül'e... Dördüne...*

Sarhoşluk... Sarhoşluk... Sarhoşluk...

***

Salih Çağlayan

Mahalleden bir ablamız vardır. Tüm mahalle halkı olarak biliriz, ismi Aysel. Size bu gece onu anlatacağım. Aysel Abla kırklı yaşlarda, iki çocuk annesi. Çocukları bir güzel, bir güzel... Görseniz midenizde sebepsiz yere kelebekler açar. Biri kız, biri erkek. Kız çocuğun ismi Leyla, erkek çocuğun ismi ise Emanet.

Aysel Ablanın kocası, işlemediği bir suçtan dolayı hapiste. Kızı doğarken o, Leyla olmasını istemiş. Aysel Abla, Emanet'e hamileyken kocası, hayat arkadaşı içeri giriyor. Aysel Abla doğumu, yanında sadece Leyla varken yapıyor. Leyla habersiz olanlardan. Hastane koridorları, ilaç kokuları vesaire bir ton şey... Çığlıklar, kanlar... Annesinin sessiz haykırışları, ağlayışlar, yakarışlar...

Velhasıl, doğum oluyor. Kimlik alınacak, o bebeğe bir isim verilecek. Annesi Emanet, diyor. Emanet olsun, emanetim olsun.

...hayata küfürler. Adaletsizliğine, çirkinliğine, düzenine...

Filler ve Bulutlar

Günler geçiyor, Emanet ve Leyla büyüyor. İlkokul çağları derken... Biz mahalle halkı olarak durumu biliyoruz. Bir gün mahallenin çocukları olarak Aysel Ablaya pasta alıyoruz, börekler vesaire. Kapısını çalıyoruz o gün. Bizi alıyor içeri fakat pastalardan, böreklerden çocukları hiç yemiyor. İçime bir soru oturuyor, "Acaba sevmediler mi? Kakaolu değil de beyazlı mı alsaydık?" diye. Çocuk aklı tabii.

Merakıma yenilip Aysel Ablaya soruyorum: "Abla, Emanet'le Leyla neden yemedi? Onlar da yesin."

Aysel Abla, "Onları böyle şeylere alıştırmadım. Her zaman isterler. Ben her zaman onlara böyle şeyler alamam ki," dedi.

Bu cevabı duyduğumda on ikili yaşlarımda falandım. Affet Aysel Abla. Merakıma yenildiğimden, düşüncesizliğimden, bu dünyanın adaletsizliğini... Her şeyi affet abla. O cevabın o gün ne olduğunu hiç anlamadım. Şimdi on sekizimde koca bir delikanlı oldum. Şimdi çok iyi anlıyorum Aysel Abla. Affet...

***

Salih Çağlayan

Mahallenin haylaz çocuklarıydık, bir hayli de kavgacı. Burada, metropol çocuklarının ilgisini çekmeyen hikâyeler anlatılırdı, ne onlar duyardı bizim hikâyemizi ne de biz onların sesini. Oysa ufak bir tebessüm etselerdi, aciz bir gülümseme kaplardı çirkin suratımızı. Ağzımız, kan torbası. Parmaklarımız, mora çalan rengiyle eşlik ederken yarınlarımıza, mahallenin haritasını gözümüz kapalı çizerdik.

Eşlik etse bir el, elimize, utanırdık erkekliğimizden. Bakamazdık başka suratlara şehvetle.

Sen beni tanıyorsun sevgilim.
Çünkü ne varsa bana dair, biliyorsun.
Çünkü ne varsa yarınıma dair, biliyorsun.
Çünkü ne varsa hayata dair, biliyorsun.

Bir akşam vakti,
Üstelik tek bir tel tokayla ölünür mü sevgilim?
Sahi, bir tel toka yakar mı insanın canını bu denli?

Sen beni tanıyorsun sevgilim.
Çünkü ben hep sana ağladım.
Çünkü ben hep sana anlattım.
Çünkü ben hep sana bağırdım... Ama sen bir bana sağırdın.

***

Filler ve Bulutlar

Ne kadar güçlü olursan ol,
İnsanın gücünü bir anda tüketen şeyler vardır.
Ansızın akla düşen bir anı, beraber geçilen bir sokağa yolun düşmesi, radyoda çalmaya başlayan bir şarkıya zamanında ağlamış olmak gibi.
Veya ne bileyim, kıyafet seçmek için dolabı açtığında, meçhul kişi tarafından bir zamanlar hediye edilen gömleği görmek gibi.
İnsan her zaman güçlü olamaz.
Zayıf noktalar, zaaflar insanı güçsüz kılar.
Her insanın vardır bir zayıf noktası, birine zaafı.
Ve inan bana yağmur yüreklim,
Tek zaafım, en zayıf noktamdın.

***

Salih Çağlayan

Ama öldürmüyor,
Ölmek için dua ettiriyor.

Filler ve Bulutlar

Bu, demiştim o gece. Bu acı çok başka.
Ölmek değil, öldürülmek gibi.
Bıçaklanmak değil, kör bıçakla dilim dilim edilmek gibi.
Anlamıştım. Benim artık ne yürüyecek mecalim vardı ne de gidecek bir yerim.

O akşam tüm şarkılar ve tüm ritimler, tüm renkler ve sesler ve iç organlarım tarafından terk edildim sanki.

Hissediyordum, içimden bir şeyler gidiyordu.
Böyle sanki akciğerlerimin, bir sigaranın dumanına daha tahammülü kalmadığı için benden hızla uzaklaşmasını hissedebiliyordum. Kanımın kaynadığını, ellerimden, ayaklarımdan kanımın çekildiğini, derimin bir jiletle buluşmak için dua ettiğini hissedebiliyordum.
Attığım her adımda sanki daha fazla batıyordum yerin dibine.

Bu acı, dedim sonra... Bu acı bir şair olsaydı, kesinlikle Didem Madak olurdu.

Çünkü bu farklıydı işte.
Ömrün gidişi gibiydi.

***

Salih Çağlayan

Ölüm bu, bir değişik haller durumu.
Öyle ki bu ağzında bıraktığı tat, ne yersen ye,
Artık her şey biraz acı.
Her şey biraz eksik.
Aşılacak değil, ancak ve ancak alışılacak bir durum biçimi.

Benim yediğim her şeyin acılaşmasının, renklerimin solmasının üzerinden tam iki yıl geçti.
Bu birden düşüp bacağınızın kırılması gibiydi bana soracak olursanız.
Düşersiniz, beklemediğiniz anda, beklemediğiniz bir acı belirir hafiften vücudunuzda.
Kırılsa bile, bir süre sonra daha çok acıtmaya başlar. İlklerde çok şey değildir, acı.

Başıma gelmeden anlayamadım, şimdi daha iyi anlıyorum. Aslında daha iyi hissediyorum. Biraz daha derin hatta. Biraz daha derinimde. Bu kırık ama maalesef, bu kırık iyileşecek gibi bir şey değil.

Gamze'nin sadece karnı ağrıyordu aslında, belki biraz da ciğerleri.
Uyurken yanımda bazı geceler iniltileri geliyordu acısının kulağıma.
Doktora gidilmeliydi ve öyle yapıldı.
Sonra hep testler, tahliller.
Sonra kilo kayıpları falan.

Filler ve Bulutlar

Mutlu bir hayatımız vardı. İyi yerlere zar zor gelmiştik biz. Tırnaklarımızla kazdığımız çukurda mutluyduk, yoktu pek derdimiz. Öyle böyle şükür, tam üç yıl geçirdik dolu dolu.

Biz kendi çöplüğümüzün âşıklarıydık bir nevi. Kuru yaprakları biriktirirdik her sene.
Ona aldığım çiçekleri hiçbir zaman çöpe atmadı mesela, hep kuruturdu. Koklardı. Kurumuş olsalar da ara sıra sulardı onları. Açacağından değil, değerinden.

Her güzelliğin bir sonu var maalesef şu hayatta.
Bizim ömrümüz üç yılmış...

Test sonuçlarını elime aldığımda, henüz Gamze'ye almadığım çiçekler bile kurudu birden.
O kâğıtta 128 Dikişli Şiir'den, Taş Parçaları şiirinden çok daha acısı yazıyordu.
Hani tarif etmemi isteselerdi, yarın öleceğini bilsem daha az acıtırdı.
Bu öyle kolay kolay değil, acıta acıta öldüren bir şey çünkü.

Nasıl söyleyeceğinizi bilemezsiniz bazen. Ben bilmedim, bence siz de bilemezdiniz.
Boğazınıza öyle cam kırıkları doluşur birden, nefes bile alamazsınız.
Anlatılmaz bu, yaşanmaz da.
Aklıma geldikçe dua ettiren bir şey işte bu bana.
Allah kimsenin başına vermesin.

Salih Çağlayan

Tedavi falan dedik, çok geç kalmışız biz. Hangi doktora gitsek, nerede kaldınızdı cevap.
Çok geç kalınmıştı ama bir umut vardı.
Elimden geleni yaptım ben.
Gamze nasıl suladıysa yıllar boyu o kuru çiçekleri ki açacağın değil, değerindendi hani,
Öyle bakmaya çalıştım Gamze'me. İyileşeceğinden değil, sevgimdendi. Bağlılığımdandı.

Ameliyat masasına birkaç metre kalana kadar yanındaydım. Açıkça söylemek gerekirse, bu son anlarında yanındaydım diyebilmeye yeterli bir yakınlık olsun diye dua ediyorum hâlâ.
Ben hayattan kopmuştum. İnce bir ipte sallanıyordum.
Kanserli bir ipti bu. Tabiri caizse değil, tam anlamıyla.

O ip koptu beyler bayanlar.
Öyle bir ipti ki bu, boynuna geçirip hayatına son verebileceğin sıradan bir ipten ziyade, seni her adımında yerin dibine biraz daha çeken cinsten.
Sonrası klasik bu olayların.
Eline verilen bir ölüm raporu, ciğer çürümesi, gözaltı morlukları, ağlayışlar.
Sonrası,
Bir mezarın taşının parasını vermeye paranın değil de, gücünün yetmemesi.
Sonrası,
Bir gasilhane kapısında içilen sigara.

Filler ve Bulutlar

Sonrası,
Salası Gamze'min.
Sonrası,
Namazı cenazesinin.
Sonrası,
Gamze'nin toprağa değil de içime gömülmesi.
Sonrası,
Dokuz tahtanın toprağa değil de bedenime çakılması.

Bu acı ki bir gün değil, her gün öldürüyor insanı.
Yazmak istedim. Yazmasam ağlayacaktım.

***

Salih Çağlayan

"Ölümden daha keskin bir bıçak yoktur."

İyi giderken ve yolunda bir şeyler. Gülümserken sürekli ve düzenliyken uykuları insanların. Bilirsiniz, tepetaklak olur bazen her şey. Ne kadar iyiyse birkaç saat önce, bir o kadar tersine döner düzen. Ölüm işte bu, insanı öldürüyor. Ne garip.

-Kaybetmek kadar kötü ne var bu dünyada anne?
-Bir daha hiç kazanamayacak şekilde kaybetmek oğlum, sen düşünme ama bunları. Uyu.

Uyuyamıyorum, kafamda sabaha kadar dönüp duruyor şu sevdiklerim yerine mezara giresice dünya düzeni. Çünkü bazen geri dönüşü olmaz ya işlerin, olayların, yapılanların. Otobanda yanlış yola girmek gibi değil de otobanda şarampole yuvarlanmak gibi olur bazen işler, istemeden.

Olmasa keşke.
Ölmese babalar.
Ölümsüz olsa anneler veya herkes aynı anda ölecek olsa. Kesik veya morlukların acısı kalsa sadece insanların aklında, morg kokusunu unutmak için litre litre parfüm içesi gelmese kimsenin.

Filler ve Bulutlar

Mezar kazmayı bilseler çocuklar ama mezar kapatmayı hiç öğrenemeseler mesela. Mezar taşları hiç icat olmasaydı falan işte.

"Ecelin kesemeyeceği ip, çözemeyeceği düğüm yoktur oğlum."

Bazen anlatamazsın, yazman gerekir.
Yazıyorum, bakın şimdi:

Babam öldüğünde çocuktum. Çok küçüktüm. Gözlerim uykusuzluktan mosmor olmuştu ama kapıya sabahlara kadar en sevdiğim çizgi filmi izler gibi bakıyordum.

"Gelecek babam, di mi anne?"

Yemekten önce mutlaka ellerimi yıkıyordum kızmasın diye. Uyandığımda, uyuduğum için kendime kızıyordum. Gelir de gelişini göremezsem affedemezdim çünkü kendimi. İçime hep atlet giyip, terleyince ceketimi çıkarmıyordum. Tabağımda yemek bırakmıyordum. Ayakkabıyı sağdan giyip soldan çıkarıyordum. Anlarsınız işte, kızmasın diyeydi.

Biliyor musunuz, hiç kızmadı.

Okula başladım, büyüdüm birazcık daha tabii. Seviyordum okula gitmeyi ve biraz olsun alışmıştım yokluğuna. 'Acaba gelmeyecek mi,' diye soruyordum bazen kendime ister istemez, sonra aynı hızda baba-

Salih Çağlayan

mın bana öğrettiği gibi, 'Allah'ım çok tövbe, istemeden dedim,' diyordum. Kızıyordum kendime, gelecekti. Gelmeliydi.

Babam canımı ilk defa, öğretmenim onun nerede olduğunu sorduğunda acıttı.

Bilmiyorum, dedim,
Güldüler.

'Gülmeyin, gelecek birazdan.'

Gülmediler ondan sonra ama hâlâ gelmemişti. Okumayı sökmeye çalışıyordum, babam geldiğinde ona gazetesini okuyacaktım. Sevinsin diyeydi çünkü. Anlamışsınızdır, özlemiştim. Akıllı çocuktum, okumayı söktüğümde yakalığıma kırmızı kurdele taktılar. Sonra bayram tatili girdi araya.

"Baba, orada olmalıydın. Bayramlarda bana para verirdin, namaza giderdik. Geç kalmamalıydın, gelmeliydin işte be."

Dedem yanımdaydı bu sefer. Bayram sabahı bana şeker verip arabaya bindirdi. Saniye saniye aklımda hâlâ her anı. Dikiz aynasına asılı olan kokulu reklam kupürünün üzerinde yazanı okuyordum, dedem aferin oğluma falan diyordu işte, gururluydum.

Bir süre sonra dedem durdu ve beni arabadan indirdi. 'Gel şimdi oğlum, seni birinin yanına götürece-

Filler ve Bulutlar

ğim,' dedikten sonra elini tutup yürümeye başladım, kalabalıktı biraz ve beyaz taşların üzerine yazılar yazmıştı amcalar. Taşların başlarında ağlayan bir abla ve benim yaşlarımda bir çocuk vardı. Sordum dedeme neden ağladıklarını, 'Gel sen oğlum,' dedi, geldim.

"Hayatımda okuduğum ilk mezar taşı babama aitti."

Dedem ağlıyor gibiydi. Okumamı söyledi. İçimde artık okuyabiliyor olmanın verdiği gururla hecelemeye başladım. *Hulusi Çağ-la-yan.* Böyleydi.

Dede, bu babamın adı! Kendisi yakınlarda mıdır acaba diye etrafa bakarken, dedemin toprağı gözleriyle ıslattığını gördüm. Anlamam birkaç dakikamı almıştı.

O,
çocuğun,
neden,
ağladığını.

Kafamda döndü durdu kelimeler, yakalayıp bir araya getirinceye kadar çok zaman geçti. Gerisi yok oralardan sonra. Çocukluğumun peçeteler eşliğinde anlatabildiğim günleri falan işte.

Çocuktum, çok geç anladım.

***

Salih Çağlayan

Pencerelerden aşağı sarkan, kanı kaynayan çocuklar. Anneleri hep bir merak içinde. *Ne hoş...*

Sigarayı babasından köşe bucak kaçarak içen çocuklar. Babaları hep bir sorgulayış içinde. *Ne hoş...*

Eve geç gelen kız çocuğu, sevgilisinin yanındaymıştır. Abisi hep bir araştırma peşinde. *Ne hoş...*

İlk karnesini almış bir delikanlı, hepsi pekiyi! Ailesi gerim gerim geriniyor, 'İşte bizim çocuğumuz,' diyerek. *Ne hoş...*

'Ödevlerini eksiksiz yapıyor oğlunuz,' diyen öğretmenlerin gururunu okşadığı ebeveynler. *Ne hoş ulan!*

Ben, öldüm öldüm dirildim ya sokaklarda. Kanımda şişeden daha çok alkol vardı. Yolu ben kendi başıma buldum ulan, kimse bir merak içinde değildi. *Ne mayhoş.*

İlk karnemi yedi yaşında almıştım ama hepsi pekiyi değildi. Gerçi olsa da bana 'aferin' demezdi kimse. Ödevleri yapamazdım her zaman, bazen babam elektrik fatu-

Filler ve Bulutlar

rasına litre litre alkol alırdı. Göremezdim mum ışığında kelimeleri. Kızardı öğretmenim, utanırdım anlatmaktan, anlamıyorum derdim. *Ne mayhoş.*

İlk kavgamı sekiz yaşındayken etmiştim. Top oynuyorduk mahallede, gol attığım için birisi küfür etmişti anneme. Burnum musluk gibiydi ama mutluydum. İçimden, 'Anneme kimse küfür edemez ulan!' diyordum böbürlenerek. Anneme bunu anlattığımda dayağın şiddeti katlanmıştı. Rahat durmuyormuşum bir türlü. *Ne mayhoş.*

Oysa ben seni seviyordum sadece anne.
Yapmamıştım ki kötü bir şey.

Babama, 'Alkolik,' diyen çaycıyı dövdüm biraz büyüdükten sonra. Burnum bir musluk gibi değildi artık ama ellerim akasyalar gibi mosmordu. Daha kuvvetliydim ve serseri mayın gibi yürürken sokaklarda, içimden, 'Babam şimdi sarhoştur ama yine de ona kimse kötü bir şey söyleyemez ulan!' diyordum böbürlenerek. Anlattım babama. Bir, 'Helal koçuma benim be!' bekliyordum çünkü. Çünkü hiç arkamda olmamıştı, hep sırtımdaydı. Ama ben inatla bekliyordum babamdan istediklerimi duymayı.

"Beklentiler üzer."

Saygısız bir it olduğumu ve odama siktirip gitmem gerektiğini söyledi bana. *Ne hoş!*

Oysa ben sadece seni seviyordum baba.
Yapmamıştım ki kötü bir şey.

Salih Çağlayan

Şimdi kimsem yok hayatımda kendimden başka.
Babamın oğluyum,
Kendime ayık zaman bırakmıyorum.

Baba, sarhoşum! Duyuyorsan umarım, 'İşte benim oğlum be!' diyorsundur.

Ailesinin yanlışları olduk her zaman. Arkamızda durmadı ailemiz, sırtlarımızdaydılar çünkü. *Ne hoş!*

"*Ama yoksun baba. Ne boş şimdi her şey. Ne boş.*"

***

Fillor ve Bulutlar

Dudaklarıma değen sigaraların, ciğerlerimde bıraktığı izler bunlar.
Sen yere düşsen, ilk gören alıp üç defa alnına koymuştur seni ekmek gibi. Bense yarıda söndürülüp üstüne basılan bir sigara gibiydim hep.

Mesela sen hep el üstünde tutuldun, sevgiyi öğrendin.

Sevildin sen işte. Ben öyle değildim, biliyor musun?

Baban hep eve elinde bir çikolatayla gelmiştir, eminim. Gelmese bile gördüğü yerde sarılmıştır en azından sana. Ben babamı görünce kaçacak delik aradım hep.

Günün yorgunluğunu atardı benim üzerimde. Gördüğü yerde sarılmazdı bana, anlıyor musun? Gördüğü yerde asılırdı tokadı, 'Adam olmazsın sen!' naraları eşliğinde.

Annen mesela. Okul karneni, göğsünü gere gere aldı eline her seferinde, görürdüm onu her karne töreninde.

Salih Çağlayan

Ama -bak, yazının burası intihar- ben hiç o duyguyu yaşayamadım. Kıskanırdım ulan, annem hiç benim okuluma gelmedi. 'Karnen nasıl,' diye sormadı bana hiç.

Benimle gelse gelse pazara gelirdi, o da poşetleri taşıyamadığı için. Beli ağrıyormuş.

Biliyor musun, annemin hep beli ağrırdı.
Ailem işte ya, benim hiç arkamda olmadı. Hep sırtımdaydılar.

Farklılığımız bu yüzden. Ben hayatını kendi kazanmasına bile fırsat verilmeyen çocuğum. Duvarları rengârenk odam olmadı hiç benim.

Duvarları çatlaktı ve kışın abimin montuyla uyurdum.

Öyle işte.

***

Filler ve Bulutlar

Sen, benim yenilgimi ilk kabullenişimsin.
İlk yumrukta nakavtım,
Çıktığım şikeli maçımsın.
Mağlubiyet haberini en başından aldığım mücadelem, beynime yediğim ilk kurşunsun.

Bu yüzden ne hissettiğin,
Nefret,
Özlem,
Acı
Mühim değil,
Konunun bir ucu sana dayanınca.

Beraber bir sigarayı içmişliğimiz,
Aynı şarkıyı söylemişliğimiz,
Aynı şeye gülümsemişliğimiz var.
O yüzden,
Unutmak kolay değil.

***

Salih Çağlayan

Sevgili Tanrım;

Tanrım, biliyorsundur ne düşündüğümü muhtemelen ama ben dile getirmek istiyorum. Çünkü son zamanlarda herkesin, her istediğini söyleyebiliyor olması beni çıldırtıyor!
Çünkü bıçakların açamadığı yaraları, birkaç kelime açabiliyor.
Çünkü bazen iki kelime insanı toz duman edebiliyor.
Ve o Tanrım, o beni çok iyi tanıyor. Yanımda olmasaydı ne yapardım, hiç bilmiyordum. Çünkü o, her ne durumda olursam olayım, beni mutlu edip gülümsetebiliyor!

Tanrım, o çok güzel olmuş,
Ellerin var mı bilmiyorum ama onlara sağlık!

Ama biliyorsundur, bazen beni çok üzüyor ve ben çok fazla sigara içiyorum, o yüzden ciğerlerimle kavgalıyım bu ara. Bunun için beni yakar mısın, bilmiyorum ama bir de neden içtiğimi sor. Çünkü Tanrım o, benim dengemi bozuyor. Onu görene kadar hiç sigara içmemiştim. O, o çok başka Tanrım. İnsan onun yanında, mum gibi eriyor.

Neyse Tanrım, senin yapacak işlerin olmalı. Zamanını çalmak istemem, senden çalanın sonu iyi olmazmış, annem öyle söyledi. Her şey ve onun için teşekkür ederim. Umarım görüşürüz.

***

Filler ve Bulutlar

Sonra aynalarda aradığın her şeyi kendi kendine sormaya başlarsın. Delilik somut bir şey değildir ama bunu bilmene rağmen anlarsın.

Anlarsın işte.

Bir başkasının koynuna girdiğinde sevdiğin,
Bir başkasına ve üstelik aynı sabahlara, aynı saatlerde uyanmanıza rağmen sana değil de bir başkasına.
Sana değil de bir başkasına, 'Günaydın canımın içi,' dediğini bilerek.
İnsanlara ispatlayamayacağın ve ispatlamaya gerek duymayacağın bir şekilde anlarsın.
Delirmek, soyutlaştırılıp kalıplaştırılmış bir tabirden birkaç fazlasıdır.

Misal; zamanında beraber yürüdüğünüz yolların birinde, sevdiceğinin açıklamasına 'sevdiceğim' yazarak ve üstelik yanında gerçekten sevdiceğinin olduğu bir fotoğraf paylaşması tam üç el ateş eder kafana bazen.

Soyutla somutun arsızca çiftleşmesidir bu.
Anlamlandıramazsın.

Salih Çağlayan

Bir şiir
Şayet sana,
Şayet size,
Şayet mutluluğunuza,
Şayet birbirinizi seviyor oluşunuza yazıldıysa eğer, tereddüt etmeden tam üç el ateş edebilir kafana.

Herhangi bir şey.
Sürekli bir şekilde. Acıttıkça canını daha da ve her geçen gün, garipleşir dünya.

Aynı şeylere,
Aynı gözle,
Aynı şekilde bakamamaya başlarsın.

Çünkü son iki aydır ateş ediyor kafama her sabah, bir önceki sabahın harcına bir kurşun daha ekleyerek, masamdaki basit bir yazıcıdan çıkartılmış bir fotoğraf.

Çünkü son iki aydır,
Her seferinde başka yerden vuruyor.
Her seferinde farklı kemiğimi, farklı yerden kırıyor.
Her seferinde daha fazla,
Daha fazla ve daha fazla acıtıyor masamdaki basit bir yazıcıdan çıkartılmış bir fotoğraf.

***

Filler ve Bulutlar

Tanrım!

Bu kadar sahte gülümsemelerini etrafa savurup sevgi gösterileri yapan, yakınındaki insanlara yalan söyleyen, sevgililerini ya da eşlerini aldatan insanların, insanları öldüren politikacıların, egosunda boğulan şarkıcıların, başkalarının kelimeleri ile kitaplar yazan şairlerin bulunduğu bir dünyaya daha fazla katlanmak istemediğim için bitiş çizgimi kendim çeksem, beni de yakar mısın cehenneminde?

Sevgiler.

***

Salih Çağlayan

Tarihi tam olarak bilmiyorum. Bir gün yolculuk yapıyorum bir başka şehre. Otobüste çiftli koltuklardayım, yanım boş. Arkamda bir genç ve annesi oturuyor. Annesi, Alzheimer belli ki. Yolculuk yaklaşık 9-10 saat falan sürdü. Annesi hep, "Oğlum neredeyiz? Nereye gidiyoruz?" gibi sorular soruyor 5-10 dakika aralarla. Kadının oğlu hiç sıkılmadan her seferinde, baştan, bir daha, tekrar tekrar anlatıyordu.

Vefa büyük şey ve sadece İstanbul'da bir semt ismi değil...

***

Filler ve Bulutlar

Tek zaafım, en zayıf noktamdın.
Tek zaafım, en güçlü yanımdın...

Bir günlük daha harcadığın bu ömürde,
Bir günlük daha sevdiğin her şey için,
Bir cümle daha:
"Bir cümle bırakıyorum buraya. Bırak, yarım kalsın.
Bazı cümleleri koklayıp başucuna bırakırsın..."

Bir şehirden gitmek,
Bir sinemaya gitmek,
Ve senden gitmek sevgilim, uzaklara...
Eş değer görünmüyorsa uzaklar, gözlerinde;
Anlamın yok artık senin de...

Bir sinema çıkışı gözlerimiz çarpıyorsa birbirine,
Ve ağlıyorsa bu insanlar basit bir sinema filminde,
Aklına düşmüyorsam eğer ben o filmde,
Uğruna yazdığım tüm satırlar mubah olsun sevgilim.

Denemediğimi sandığın her şeyi bir bir tekrarladığım bu evrende,
Bir günlük daha harcadığın bir ömürde,
Bir günlük daha sevdiğin her şey için,
Bir cümle daha:

Salih Çağlayan

"Bir cümle bırakıyorum buraya. Bırak yarım kalsın, hem bazı şeyler niye var? Sen beni elbet güzel hatırlarsın..."

Ben sana yetişemediğimden değil,
Sen başkasının avuçlarında soluklandığından...
Ben sana koşamadığımdan değil,
Sen başkasının kollarında yorulduğundan...
Ben sana yetemediğimden değil,
Sen kendini başkasında tamamladığından...
Ben sana ulaşamadığımdan değil,
Sen kendini başkasında sakladığından...

Her şeyden...
Senden,
Benden,
Bizden,
Sizden
Ve güvertesinde sarıldığımız o gemiden...

Bir günlük daha harcadığın bir ömürde,
Bir günlük daha sevdiğin her şey için,
Bir cümle daha:
"Bir cümle bırakıyorum buraya. Bırak yarım kalsın, hem sen beni elbet kendi yanında hatırlarsın, elbet ağlarsın..."

***

Filler ve Bulutlar

Uçurumlar...

Bir insanda umudu temsil ediyorsun, bir insanda çıkmaz bir sokağı.
Bir insanda vefasın, bir insanda ihanet.
Bir insanda açık bir kapısın her zaman, bir insanda şans tanınmayan.
Bir insanda sığamıyorsun dağa taşa, bir insanda yetemiyorsun hiçbir şeye.
Bir insanda göğsünün içinde atan cansın, bir insanda bileğinden akan kan.

**Atlayalım
m ı?**

***

Salih Çağlayan

Umut ışığıma;

Bir keman sesi,
Bir piyano tuşu
En siyahından.
Bir çocuk çığlığı,
Savaşlar
Ve gözlerin, barış.

Bir annenin evladını kaybetmesi,
Bir çocuğun annesini kaybetmesi gibi.
Kahpece yazılmış oyunların usta oyuncuları.
Kötülüklerin ciğerini bilip yine de gülümseyen iyilik melekleri.
Ve ellerin, bir mola tüm acılara.

Canı yanmış, tecavüze uğramış zavallı bir sokak köpeği ve bunu ayıplayan ahlak timsalleri.
Biliyor musunuz? Evde kadınlarına el kaldırıyorlar.
Yalanlar ve yalancılar.
Bunların arasında varoluşun, sevilecek tek şey.

Filler ve Bulutlar

Birbirlerini çok iyi tanıyan yabancılar.
Etrafa gülücükler saçan intihar kokulu kadınlar. Bileklerindeki izler, gözaltlarındakilerden katbekat daha fazla olan yaşlılar.
Ve kelimelerin, umut.

Dudaklarının çatlaklarından sızan kan ile sigara izmaritlerini süsleyen 19-20 yaşında delikanlılar.
Evine ekmek götürmeye çalışan Ahmet Abi, hava soğuk ama gözlerinin içi sıcacık.
Ve saçların, bir yardım eli.

Hayattan tüm arzularına, isteklerine ret cevabı almış çocuklar. Şekerlerini, bir bıçak ile takas etmeye çalışan çocuklar. Küfür öğrendikçe büyüdüğünü sanan çocuklar.
Ve gülümsemen edep, adap.

Bir delirmiş matematik öğretmeni.
Sayılar ve harflerle ruh sağlığını kaybetmiş.
Hayatta başka tutunacak dalı yok çünkü.
O bir öğretmen, başka bir şey bilmiyor.
Ve sen, hayat bağı.

***

Salih Çağlayan

Yürüdüğün yolları ezbere bilip
yanına gelememek söküyor ciğerimi.

Filler ve Bulutlar

ve geceye biraz müzik,
ve geceye biraz hayal,
ve geceye biraz yara,
ve gece, kanayan bir yara...

Sensizlik... Bahsedilmeyecek kadar uzun ama yazılabilecek kadar kısa bir kelime. Yılların yorgunluğu şimdi üstümde. Yolların uzunluğunun ağrısı ayaklarımda ve kalbim, atmaya mecali kalmamışken üstelik bu yolda... Çocuk sesleri ve kuş cıvıltıları bir park bahçesinin tam ortasında. Gülüyorlarsa, eğleniyorlarsa şayet kendi aralarında... Senden sebep Leyla, senden sebep...
　Can veriyor bir izmarit, gecenin puslu karanlığında. Ve ay, göğün tam ortasında... Bekliyorsa bir adam sebepsiz, üstelik bir başına, karanlığın ortasında... Senden sebep Leyla, senden sebep...
　Ve güneş doğmayı bekliyorsa bir umutla sabahlara, bu da senden sebep Leyla. Bu da senden sebep...

Hatırlamak, özlemek falan acıtmıyor artık, sadece biz fazlasıyla alışmışız kendi canımızı yakmaya Leyla.

***

Salih Çağlayan

Yeni bir ilişkiye başlamak burkuyor içimi. Bıçağın hatırı var, yoksa yara hikâye, diyerek iç geçirdiğim duvara sabitledim kafamı. Önümde boş bira şişeleri ve dibi kalmış alkol şişesi. Yastığımda ardında bıraktığın saç tellerin, *selam*.

Bir bıçağı yerinden çıkartıp sana armağan etmek, bir deliliğin ötesi. Önümde, adresine ulaşamayacak birkaç buruk mektup. Gözlerimde, gerçeğin ötesi. Burnumda, senden arda kalan koku. Yüreğimin altına, olması gerektiği yere süpürdüğüm gerçekler. Bir ah ki bu, *selam*.

Yatağımın çökmüş tarafı, uykuya hasret gözlerim. İçimdeki güç, sevda. Bir yarayı gösterip en afili yerinden sana, kaldığım yerden bismillah. Allah'ın hakkı üçtür, diyerek çıktığım bu yol, incinmiş gururum... Ben Fatih'im, sen benim Konstantinopolis'im.

Uğrunda harcanan bir gençlik, geceye mahkûm birkaç sigara. Mülteci yaşamım, güç bela saklandığım gerçekler. Bir resme damlatılan, dağıtılan o siyah boya. Kaçınılması zor bir yaşam, yalancı insanlar. Hüznündeki yorgunluk, gözlerindeki geç kalmışlık, *selam*.

-Sigarayı neden bu kadar hızlı içiyorsunuz?
-Ne kadar hızlı içersem kanser riskimin o kadar hızlı artacağını düşünüyorum.

***

Filler ve Bulutlar

Dün gece her zaman sigara içtiğim balkondan, vaktimin çoğunu geçirdiğim balkondan nefret ettim.

Özene bezene yetiştirdiğim begonyalarıma su vermedim, ölmelerini izledim.

Kendi ellerimle yaktım canımı.

Çünkü merak ettim, daha fazla acıtan bir şey var mı diye bu dünyada.

Ben bu şiiri ciğerimi köşeye koyup da yazdım. Bir sokak köşesindeyim şimdi, duvara birisi "sana en son burada sarıldım" yazmış. Düşündüm, acaba ne mutluluklar yaşandı bu sokaklarda, ne gülüşler savruldu etrafa diye.

Benim,
neden
sana burada sarıldım,
diyebileceğim
bir sokak köşesi bile yok?

Ben bu şiiri canımdan can gide gide yazdım.

Düşünüyorum, böyle olmasaydı da şöyle olsaydı, belki daha güzel hissederdim falan.

Siktir etmeliyim bazı şeyleri. Çünkü düşündükçe Ahmet Kaya misali;

Depremler oluyor beynimde.

Salih Çağlayan

Ben bu şiiri kül olmuş bir biçimde yazdım.

Bazı şarkılar, yaralarımızı kendisi açmış gibi bulur, kanatır. Bazı yazılar her okunduğunda bir başka dokunur insana.

Bizim neden hiç çalınca gülümsediğimiz bir şarkı bile yok?

Ben insanların yanında olmak değil, insanlara yardımcı olmak değil, sadece senin yanında olmak istemiştim.

Ben bu şiiri nefes bile alamadan yazdım.

Bizim neden okuduğumuzda yara izlerimizi hatırlayacağımız bir yazı yok?

Ben sana gelmekten ziyade, sana iyi gelmek istemiştim.

Çiçekler açsın, bahar gelsin isteyen sevgi pıtırcığı olamadım hiçbir zaman. Yalnız olsaydım yeterdi bana. *Hiçbir zaman kalabalıkları sevemedim ama ben senin yanında olmak istemiştim.*

Olmadı işte. Hepsi bu.

***

Filler ve Bulutlar

Hayattaki ilk maçında nakavt olmuş insanlara, yıllar boyu 'tinerci, dilenci, serseri' dedik toplum olarak. Çocuklarımızı, yaramazlık yaptıklarında, bak sözümü dinlemezsen bunlar gibi olursun diyerek korkuttuğumuz insanlardı onlar. Çöpe atılmayan, çöpün yanına bağlanan ekmek gurur kaynağıydı bizim için, çünkü biz sevap işlemiştik yemediğimiz ekmeklerle. En iyi bizdik yıllar boyu.

Hep aptaldık biz, şimdi anlıyorum. Başını sokacak bir yere sahip olmayanlara acınası gözlerle baktık, bakışlarımızla küfür ettik onlara. Ezdik, dışladık, ayıp ettik.

Oysa tinerci ismini taktığı bir abiye gidip nasılsın, nasıl gidiyor abi demedik insan gibi. Halini hatırını sorup, muhabbet etmedik.

Geçen günlerden birindeydi işte. Sevgilimi evine bıraktım, yürüyordum eve doğru. Zamanım vardı bolca, aylaklık yapıyordum işte, bilirsiniz. Sigara yakarken duraksadım bir an. Kafamı kaldırdığımda bir bankta, el arabasıyla oturan, eski giyimli bir abi dikkatimi çekti. Bir şeyler okuyordu. Gideyim dedim içimden, belki fırsat bulurdum da muhabbet ederdim işte.

Salih Çağlayan

Kalktım gittim yanına.
- *Selamın aleyküm usta.*
- *Aleyküm selam delikanlı.*
- *Müsait midir?*
- *Estağfurullah, buyur otur.*

Başladık öyle hal hatır sormaya. Çalışıyor musun, okuyor musun, kaç yaşındasın, buralı mısın, hangi köyden falan fistan işte, bilirisiniz. İsa Abinin soruları bitince benim merakım kabardı. Ben sormaya başladım. Evli misin abi dedim, kaç yaşındasın dedim, n'apıyorsun buralarda bir el arabasıyla yalnız başına...

Anlatmaya başladı sonra:

"Bu şehre geldiğimde 39 yaşındaydım oğlum, her şeyden kaçmak için geldim buraya. Kötüsünden kaçtım ben kaderin. Bir kızım vardı, bir de karım. İşlerim yolundaydı, ticaret ile uğraşıyordum. Şükür elhamdülillah, iyi kazandım bir dönem. Sonra kiralar arttı, işler bozuldu. Hanım da kasada dururdu. Geçimimizi bir süre sonra sağlayamamaya başladık. Benim hanımla severek evlenmiştik aslında, bir de kızımız olmuştu. Mutlu bir aileydik anlayacağın. Sonra işte işler güçler, hesaba katılmayan olaylar nakavt etti beni.

Hanım hep dert yanıyordu yok kira gecikti, yok şunu isterim, yok bunu isterim. Çalışıyordum ama borçlar falan vardı, yetiştiremedim. Evi bıraktı; annesinin yanına, memlekete gitti. Bir ay sonra elinde

Filler ve Bulutlar

mahkeme kâğıdıyla geldi. Boşandık sonra ve kızımızın, gözümün nurunun velayetini de aldı. Kaldım ben bir başıma. Sonra bizim arka sokakta süpermarket vardı bir tane. Sahibi varlıklı bir adamdı, tanırdım. Evlenmiş lan onunla," dedi, gülmeye başladı. Bir sigara uzattım, bir de kendime yaktım. Devam etti anlatmaya. "Hepsi geldi geçti, unutuldu Salih," dedi. "Ama kızımın bana küçümseyici gözlerle bakmasını hazmedemedim oğlum. Nasıl doldurduysalar artık küçücük kızımı bana, yanına gittiğim her seferinde yanımda daha az vakit geçirmeye başladı. İşte beni bu şehre getiren bu oldu. En son artık görmeye gittiğimde evin kapısına bile inmedi. Ben o gün beynimden vuruldum Salih'im," dedi. "Gitmeseydim katliam çıkartacaktım çünkü, vuracaktım birilerini. Acımı, hak etmeyen insanlardan çıkaracaktım," dedi.

Anlatırken gözlerini görseydiniz, anlardınız acısını. Bu düşmenin değil, düşürülmenin acısıydı. Apaçık ortadaydı İsa Abinin dağılmışlığı.

"Sonra," dedi. "Sonra elimde kalan ne varsa sattım. Kızımı Allah'a emanet edip geldim buraya. Bir süre el işinde çalıştım. Bir otel mutfağında, fabrikada, inşaatta. Olmadı işte oğlum, alışmamışız el işine, yapamadım. Sonra bununla arkadaş olduk," dedi sağında duran el arabasını işaret ederek. Gülümsedi, gülümsedim. "Bir telefonum var kızımın sesini duymaya vesile, bir de radyom kafa dağıtmaya vesile," dedi.

Salih Çağlayan

Yutkunamadım o ara.

Düşünün çaresizliği. Güçsüz bırakılmanın acısını.
Ben anladım o gün, o saatlerde, tam orada.
Bir adamı, yılların yıkışını görmüşken utandım kendimden.
Yıllar boyu kendimize benzemeyen insanlara acınası gözlerle baktık, dışladık, ayıpladık.
Evi barkı yok mu bunların dedik.
Utandım lan kendimden.
Öyle işte.

***

Filler ve Bulutlar

Bir boşluk kaldı sen gidince. Özlem, dedim, geri gelmeyecek günlere bu özlem. Beraber içilen sigaralaradır, dedim, birlikte gülünen vakitleredir. Yürünen sokaklara, sıyrılan yaralara, hayatlarımıza... Olmadı... Pişmanlık, dedim. Özlediğin için pişmanlık... Umut ettiğin içindir pişmanlığın, dedim. Onunla güldüğün gibi bir başkasıyla gülmeyi denediğin içindir. Yerine bir başkasını koymayı denediğin için. Tutunduğun her dalın elinde kırılmasınadır. Olmadı... Çaresizlik, dedim, mesafelere yenik düştüğünden. İnsanlardan kaçtığından, saklandığından. Her karanlığa göğüs gerip, bir ona vurulmanadır ulan, dedim. Kendini bile isteye ateşe atmanadır, dedim. Birkaç cümle yazamayacak kadar uzak olmamızadır, dedim. O uzaklıkta kendi cesedimden, kendime yol yaptığımdandır, dedim. Olmadı... Acı, dedim. Onun hayatına döndüğü o yola küsüp, senin kusmanadır. Onun güldüğü, senin ağladığına. Onun vicdansızlığına, kalbini açtığınadır, dedim.

Bir süre, hep bir şeyler dedim kendi kendime. Sürekli... Duvarı izlerken... Bir gece oldu, duvarlardan yaş geldi. İçimdeki ağrının sebebidir, dedim. Balkonun parmaklıklarından kendimi atmayı denedim. Bunu bir süre denedim.

Sonra anladım, dedim. Mesele kış olsaydı. Bir gün, bir anı, bir hatıra... Anlatabilirdim bir alfabeyle. Mesele bir insan, dedim, üç kere yutkundum. Yazdım. Yazmasam ağlayacaktım...

***

Salih Çağlayan

Yine de gelecektim arkandan,
Eğer şu paslı bıçaklarla beni vurmasaydın sırtımdan. Hayalini kurduğum o mutlu evin duvarlarını yıkmasaydın acımadan.
Yıkıntıların altında bırakıp gitmeseydin beni, yine de gelecektim arkandan.

Öyle ya bazen gitmek, kalmak, kaçmak, durmak, dinlenmek istemene, çok şey istemene rağmen bir kaldırıma oturup sadece sigara içersin. Başka hiçbir şeyi düşünmeden, sorgulamadan, her şeyi akışına bırakıp, sadece sigara içersin.

Çünkü *artık geç kalmışsındır mutlu insanların alelacele binip gittiği trene ve koşmaya gerek duymazsın, yapamazsın çünkü.*
Bitkin değil, bitkinliğin ta kendisi olur çıkarsın bir başına...

***

Filler ve Bulutlar

Yolun ortasından yürümekten korktum her zaman.
Araba çarpar veya bir şey olur diye değil. Diyeceklerinden korktum insanların. Benim hiç verandalarda özene bezene yetiştirilmiş saksı çiçeklerim olmadı. Anneler gününde görürdüm sadece çiçekleri. Küçüktüm mesela, matematik dersinde bildiğim sorulara hiçbir zaman elimi kaldırıp, 'Öğretmenim, ben bunu biliyorum,' diyemedim. Diyeceklerinden korktum insanların. Gerçi ne diyebileceklerdi ki, ama yine de korktum. Dışlanmaktan, sevilmemekten korktum. Sınıfımdaki çocuklarla o iğrenç filmlere o yüzden gittim cebimdeki tüm paramı verip. Benim en büyük hayalimdi mesela 23 Nisan'da şiir okumak, tüm okulun önünde. Güzel de okurdum aslında ama sadece ayna karşısında.
'Sen şiir okumaktan ne anlarsın,' demesinler diyeydi suskunluğum.

Korkak yetiştirildim mi, bilmiyorum ama korkuyordum.

Salih Çağlayan

Farklılıklarımdan utanıyordum çünkü. Cebimde para olsa da taksiyle değil, sıkış tepiş dolmuşla gittim evime bir süre. Sonra liseye başladık işte, büyüdük. Artık daha cesurdum, sigara içiyordum ki o da ne içmek! Korka korka... Düşünüyorum da şimdi, benim için zamanında bir dal sigara çok imkânsızdı. Çünkü elimdeki sigarayı görüp, 'Sen sigara da mı içiyorsun be?' demesinlerdi, gülmesinlerdi. Herkesle aynı yolda yürüyüşüm bundandı.
Ah, ne korkakmışım!

Ama biliyor musun, ben sadece kendimden korkmayan bir çocukken geldim ve sana, seni sevdiğimi söyledim.

Bu farklıydı, bunun hakkında ne diyecekleri umurumda bile değildi, sadece bunun değerini bilmeliydin.

***

Filler ve Bulutlar

"Yoruldum artık abi, her sabah bir gün daha yaşamak zorunda olduğumdan nefret etmekten, dünya telaşesinden, gariplikten. Bir şeyleri sevememekten yoruldum abi."

Yüreğinden kurşun yemiş gibiydi o akşam Mehmet.
Saat böyle sekiz, bilemedin dokuz civarı.
Volta atıyor sokaklarda delirmemek için.
Önce duraksıyor, sonra emin adımlarla geçiyor o evin kapısının önünden.
İzledim balkondan. Ağlamıyordu ama gözleri birazdan öleceğim der gibi bakıyordu etrafa.
Bizim evin önündeki duvar yazılarını selamlayarak geçerdi sokaktan, ama o gece inkâr ediyordu sokakları. Sokakta yaşayanları, sokakta yaşananları...

Sordum laf arasında.
Bu hayatın, üzerine her gün yeni bir duvar yıkmaya çalıştığını fark ettiğinde on üç yaşındaymış.
'Bu öyle bıçak, kurşun yemeye benzemiyor abi,' dedi bana.

'Böyle acılar çizik bile bırakmadan öldürüyor adamı.'

Salih Çağlayan

'Ben şimdi ne yapacağım abi?' diye sorarken sesi titriyordu da elimden bir şey gelmiyordu.

Ve inanın gördüm, beyni dağılmış bir şekilde yakmıştı sigarasını.

Böyle çocuklar vardır her mahallede. Saygıda kusur etmezler kimseye ama hayattaki tüm tekmeleri, tüm darbeleri yemişlerdir. Öyleydi Mehmet. Yorgundu. Hayattaki tüm sevdiği şeylerin teker teker elinden alınmış olmasına rağmen, nefret ve küfür ede ede daha sıkı sarılmaya çalışıyordu hayata. Çünkü kendisi için değil, onun eline bakan ailesi için yaşamak bir iş gibi yüklenmişti onun sırtına.

Öyle işte.

"Kanımızı çekiyor işte bazen uğruna zamanımızı harcadıklarımızın aslında ne kadar boş olduğunu anlamak."

***

Filler ve Bulutlar

Ben o gece her hatırlandığında yaralarımı kanatan değil, her hatırladığımda yeni yaralar açan anılarıma içtim.

Ben o gece hiç yaşamamış olmayı, doğmadan birkaç dakika önce ölmüş olmayı istedim.

Ben o gece bir melodi olup, sabaha kadar diline dolanmak istedim.

Ben o gece yaşadığın şehrin denizi olmak, kıyıma oturup sabaha kadar içmeni izlemek istedim.

Ben o gece en sevdiğin şarkı olup, beni saatlerce dinlemeni istedim.

Ben o gece ailesini kaybetmiş küçük bir çocuk olup, sana sımsıkı sarılıp, hüngür hüngür ağlamak istedim.

Ben o gece bir silah olup, şakaklarına dokunmak istedim.

Ben o gece bir şiir olup, sana yazılmak istedim.

Ben o gece vücudunun göz ile görülebilen her yerini kaplayan bir yara olmak, sende bir iz bırakmak, "Beni dikmeyin orospu çocukları!" diye bağırmak istedim.

Ben o gece bir sigara olup, ciğerlerine dolmayı istedim.

Ben o gece bir şarkı olup seni hüngür hüngür ağlatmak, ciğerlerini parçalamak istedim.

Ben o gece bir mermi olup, sol göğsünün dört parmak altına, vücuduna saplanıp, delip, dağıtıp, iz bırakmayı istedim.

Ben o gece bir bıçak olup, seni hayatta tutan incecik damarlarını parçalamayı istedim.

Ben o gece bir şarapnel parçası olup, vücudunun herhangi bir yerine saplanmayı istedim.

***

Salih Çağlayan

Artık hiçbir şeyden **korkmayışım** beni **korkutuyor.**

Filler ve Bulutlar

Yıldızları saymak varken beraber,
Yılları saydık, ayrıyken...
Bir sırt çantası gibi yaşamak,
Bunaldığın, kırıldığın ne varsa atalım hepsini, derdim sana.
Yolumuz uzun, biliyorsun.
Bir ömür
Ve iki gönül...

Kırıldığım ne varsa şimdi orada, yanı başında...
Bulutlu günleri geçtik artık,
Bu mevsimleri çoktan geride bıraktık...
Yağmurlar var şimdi, karanlık gök ve sabahları ötmeyen kuşlar artık...

Anılar bıraktık sokaklara, yollara, şehirlere...
Yağmurlar var artık, biliyorsun
Yağmurlar silecek izlerimizi, biliyorsun
Biliyorsun
Bilmek kahrediyor bazen, biliyorsun.

Giderken demiştin ki, "Sensiz yaşayamam."
Şimdi sen onun yanında nefes alıp verdikçe,
Ben burada nefes alamam...

***

Salih Çağlayan

Bir ben doğacağım bu gece.
Karnımı keserek içinden bir ben çıkacağım geceye.
Ar-namus kalmamış bütün insanoğlunun üstüne akıtacağım,
Kestiğimde akan bütün kanı.
Bir ben doğacağım bu gece.
1+1 evin bir odasında bir başıma otururken,
16. katından atlayacağım bir TOKİ binasının.
Bir daha geri dönmeyecek bir mektup bırakacağım yatağımın başucuna.

Bir ben doğacağım bu gece.
İnsanlığın içinde virüs gibi yayılan bu bütün günahların
Suçlusu sayacağım kendimi bu gece.
Bir sigara yakıp ateşe verdiğim an çıkan dumandan
Zehirlenip, bir bir düşeceğim odamın orta yerine.
"Hâlâ kanayan yaralarım da var," diye çırpındığım bu çölün ortasında
Gırtlağımı keserek
Doğuracağım kendimi.
Bir ben doğacağım geceye.

Üstüme yıkılan bu enkazdan sağ çıkmayacağımı
İnatla, inatla, inatla
Söyleyeceğim.
Ve bir ben doğuracağım herhangi bir geceye,
Bizden arda kalan neyse insanoğluna,
O kadar sadece.

***

Filler ve Bulutlar

Bir papatyayı sakladığımız günlerden, bir papatyayı kuruttuğumuz günlere yatay geçiş yapıyoruz seninle. Fizik, ilim, bilim bok yesin, paralel evren açıklayamaz aramızdaki ilişkiyi. Verdiklerimin yanında aldıklarıma karşın matematik henüz mantıksal bir çözüm üretemedi. Papatyaların koparıldıktan sonra kokmasının anlamını hiçbir biyoloji teknisyeni anlatamaz bana. Gururunu dümdüz edip o yolda yürümenin felsefesini herkes açıklar ama o yolda yürümeyen ne anlasın ki? Bir şeylerin birikmişliğini gözyaşlarınla attığın günlerdeki saflığınla gelmedikten sonra, hiçbir şeyin edebiyatını yapamam sana. "Türküler de yalan, sevdalar da," diyen o çaresiz adamın içindeki kırıklığı hiçbir zaman anlamadın sen. "Ayrılıklar da sevdaya dahil," diyen şairi de ben anlayamam. Çünkü senin sevdana her şey dahil, bir ben değilim. Çünkü senin kahrolmuşluğunun, haksızlığının yanında benim kimsesizliğim büyük kalıyor. Seneye de kullanıyorum hepsini. Sen yaralanıyorsun, zamanla geçiyor. Bendekinden ilk günkü gibi kan sızıyor. Sen bir şeylerin arkasına sığınırken, ben sessiz kalışımı kale yapıyorum kendime. Sen benim Fatih'im, ben Konstantinopolis'im... Ben Lale Devriyim, sen III.Ahmet. Her şey böyle son buluyor. Sonra her şey yapay, her şey plastikten... Her şey olacağına varıyor. Her şey, her insan toprağa dönüyor.

Bir papatyayı yaşatmak için uğraşıyoruz seninle. Dibine su koyduğumuz bir saksıya koyuyoruz onu. Papatya soluyor... Ölüyor... Biz onu hâlâ seviyoruz. Bunu ben bile açıklayamıyorum.

***

Salih Çağlayan

Yılların veya boşa geçen zamanın değil de, bir gülümseyişin sana armağan edildiği, çocuk parkındaki o bankın hatırına. Çektiğim onca çileye değil de, ağlamaktan şişmiş gözlerimin sabah bende bıraktığı ağrının hatırına. Ne kadar acıtıyor olmasını tarif edemiyor oluşumun buruk güzelliğinin hatırına. Dikiş atan doktorun değil de, yarayı açanın değeri hatırına. Kendi, şahsi, kişisel hatırına. Sana yazdığım onca anısı devasa boyutlara taş çıkartan fantastik şiirlerin değil de, kolunu ısırıp yaptığım otuz iki diş markalı saatin hatırına. Üç saat süren o saçma sinema filminin değil de, metroda karşımıza çıkan üç saniyelik reklam filminin hatırına. Özel günlerin birinde sana aldığım o koskocaman buketin değil de, kaldırımın arasından boy vermiş bir papatyayı ezmeyelim diye adımlarımızı senkronize bir şekilde hızlandırışımızın hatırına. Beraber içtiğimiz sabah kahvesinin de, döndüğümüz pakette kalan son dal sigaranın da hatırına. O güzel müziklerin, tadı iğrenç ama mayıştırıyor olması güzel olan alkollerin hatırına ki beraber surat buruşturduk. *Dönmelisin, dön.*

***

Filler ve Bulutlar

Gidememek şimdi. Mayına basmak, hareket edememek... Gidersen olacakları biliyor oluşun ama kalma kararı versen de değişen bir şey olmayacağını anlamış oluşun çoktan. Bir okun ucunda güneşin parlattığı hedef tahtası ve namlunun ucundaki ceylanla aynı şeyleri hissediyor olman. Oğlu intihar eden karşı komşuna geçmiş olsun ziyaretine giderken, içindeki o intihar etme hissine karşı koyamaman. Şehvetlendirmesi seni ölümün. Her yüksek bir yere çıkışında iç sesinin sana atla, diye haykırmasının kulaklarından gitmiyor oluşu. Aslında o sesi her sabah duyuyor oluşun ama kimseye çaktırmadan gömleğinin düğmelerini iliklemek zorunda oluşunun çaresizliği.

Hisler... Hislerimiz... Bizi biz. Seni sen. Beni ben yapıyor.

Salih Çağlayan

Ama şimdi hissedememek... Kolumun sivri bir yere takılıp çizilmesi ve benim hak geçmesin diye sağlam kalan her yerime kesikler açmam artık canımı acıtmıyor. Mazoşist bir ruh haline sahip oluşumdan mıdır, bilmiyorum ama o göğsüme yumruk yemiş gibi canımı acıtan anıların bende bıraktığı buruk şeyi, o hazzı özlüyorum.

Bir süre sonra anlamaya başladığımı anladım. Tüm o hüzünlü anılarım beni öyle yıpratmış ki ben bir çizik daha almamak için kendimi kırmızı bir tahta kutuya kapatmışım. Acılarım, anılarım tozlanmış. Aynı yerden öyle çok acımış ki artık çürümüşüm aylardır dolapta duran, unutulmuş süt gibi. Kendi kendime zarar verme sınırımı aşalı çok olmuş. Özlemek kalmış bana. Bir seni, bir seninle yaşadıklarımı. *Bir senin o, bana kendimi papatya tarlası gibi hissettirmeni. Öyle işte. Özlüyorum.*

***

Filler ve Bulutlar

Alışkanlık.
Sigarayı aylar önce bırakmama rağmen ellerimin her saat başı tüm ceplerimi amaçsızca yoklaması, neyi aradığımı bile bilememek.
Hüzün.
Eşini kaybetmiş birinin alışverişe çıkmadan önce hep mutfakta alışveriş listesi araması.
Pişmanlık.
Salondaki kurumuş, çürümüş o çiçeği birkaç saat önce teslim edememek. Geç kalmak. Elindeki çiçeğinin sahibinin birkaç saat önce trafik kazasında ölmüş olması.
Kızgınlık.
Mezar başında, tüm sigara içenlere, üretenlere beddua etmek. Sigaranın icadına küfür etmek. Sigaranın, babanı senden almış olması.
Çaresizlik.
Ne oldu ondan sonra sorusuna verecek cevap bulamamak. Sonra hiçbir şey olmadı mı yoksa her şey ondan sonra mı gelişti, farkında bile olamamak. Düşünme yetisinin mantık tarafını kaybetmiş olmana ses çıkaramamak.

***

Salih Çağlayan

Boş duvara saatlerce bakmaktan canın sıkılmadığında anlıyorsun,
Geri dönüşü olmayan yolları çoktan yarıladığını.
Bir bardağın bir kere kırılacağını,
Kırılan bardaktan su içilemeyeceğini.
İçmeye kalkarsan da, ağzındaki kanları yutmaktan yakınmaman gerektiğini,
Anlıyorsun.

Ve ağlıyorsun,
Gidişlerin her zaman bir dönüşü olmadığına,
Tüm suçun kendinde oluşuna,
Ve bunun telafi edilemeyecek oluşuna.

Biliyorsun artık.
Alnına yediğin kurşunun tabiri caiz artık.

Biliyorsun.
Alnına yediğin kurşun seni öldürmüyor.
Ölmek için sana dua ettiriyor her gece.

Filler ve Bulutlar

Ve artık her gece,
Bir sabaha daha uyanacak olmak içini burkuyor.
Uyurken ve uyandığında,
Sonrası sabahın biraz daha kötü olacağını biliyorsun.

Zaten,
Bilmek öldürüyor seni.

Ama ölmek, artık sadece mezara girmek ve toprağın bedenini çürütmesi değil.
Pişmanlıkların da biraz ölüm artık.
O yolda bir daha yürünmeyeceğini bilmek,
Tekrar öyle gülümseyemeyeceğini bilmek...

***

Salih Çağlayan

-de'yi, -da'yı ayırmayışımızı
cahilliğimden biliyorlardı Ahmet.
Ama bilmiyorlardı,
benim bir ayrılığa daha
tahammülümün kalmadığını.

Filler ve Bulutlar

O çiziklerin, dikişlerin yerini unut. Yumruklayıp kırdığın kapı camlarını, elinin acısını. Duvarlarda bıraktığın izleri unut. İçtiğin her şeyi, kafanın ne kadar güzel olduğunu unut. Vazgeçtiğin şeyleri unut. Vazgeçmek zorunda kaldıklarını bile unut. O güzel müzikleri, her zaman gittiğin meyhanenin yolunu unut. Telefon numarasını ezbere bildiğin kişilerin adını bile unut.

Ama,
O gece dendiğinde aklına gelen tarihte, o gün dendiğinde boğazına fil oturmasına sebep olan kişileri unutma. Yaralarının yerlerini unutmaya yeminli olsan bile, o yaraları açanı unutma. Her şeyi unut da kendisini aldatan eşinin doğum lekesini, vücudunun aynı yerine dövme yapan abiyi unutma. O kuyuya tekrar düşme artık. O yoldan bir daha geçme. *Bunları hatırla hep. Hatırla.*

***

Salih Çağlayan

Yarınların, dünleri unutturacağına dair içinde yaşayan umutla yürüyorsun.

Güzel dünlerin, güzel günlerin aslında çok uzakta olmadığını aklına düşürdüğünde gülümsüyorsun bir nebze olsun. Aslında çok da zor değil, diyorsun. Aslında artık eskisi gibi acıtmıyor.

Alıştım, diyorsun inatla. Artık eskisi gibi değil.

Dilinde aynı kelimeleri döndürüp durmanın, burayı olduğundan çok daha güzel bir hale getireceğine inanıyorsun. İnatla bekliyorsun tekrar ayağa kalkmayı.

Ne zaman mutlu kalksan böyle yatağından,
Ne zaman evinin duvarlarını sevmeye başlasan, hayat yine aynı yerden vuruyor sana.
Yine aynı karın ağrısı başlıyor.
Yine aynı bıçakla,
Yine aynı yerden,
İnatla kesiyor seni.

Neyse işte. Güzel dünlerdi.
Tekrarı olmaz.

***

Filler ve Bulutlar

Hepsi yalan yanlış. Tüm bildiklerin aslında. Her gerçekte biraz olduğu kesin bence. Yıllardır süren arkadaşlıklar, beraber üzüldüğünüz dertler falan. O güzel şarkılar, beraber yürünen yollar. Sevmek yalan bence artık. İnsan bir şey sever çünkü o şeyin kendine kazandırdığı bir şey vardır. Bir çiçeği seversin derler mesela, su verirsin güneşe çıkartırsın falan. Ama umurunda olduğundan değil kimsenin. Ev güzel koksun, güzel ve renkli görünsün. Bir kediyi seversiniz, evinize alır beslersiniz çünkü hiç olmazsa yalnızlığınızı alır götürür bir nebze. Salakça hareketlerine gülümsersiniz, okşamak, mırıldanma sesi falan. Kimsenin umurunda değil yani o kedi sokakta aç, amaç bir canlıyı yaşatmak değil, yalnız kalmamak. Bence yani bunlar.

Bence, insanın kendinden başka sevdiği bir şey olması tabiatına ters. Yalnız doğduk, yalnız öleceğiz. *Yalnız yanacağız işte, hepsi bu.*

***

Salih Çağlayan

Ailesi alıveriş yaparken, insanları rahatsız etmemek için arabaya kilitlenen insanların engelli dediği çocuğun bakışları gibi. Çocuğuna ilaç alabilmek için elinde son kalan mal varlığını, evlilik yüzüğünü kırk sekiz milyona bozduran abinin iç çekmesi gibi. Yeşil ışığın yanma sesini duymasına rağmen karşıya geçecek cesareti bulamayan bir görme engelli abimizin dakikalarca aynı yerde beklerken, havanın soğukluğunu mazeret gördüğün, hızlı hızlı nefes alıp verişindeki çıkan buğulu dumanın sana anlatacağı çok şey olması. Ankara patlamasının sonrası, vefat edenler listesini okuyan adama sorulan isimler. O isimlerin o listede olduğunu bildiği halde sesini çıkaramaması.

Hayat bir çaresizlik yuvasıdır. Yine bunun, bu gerçeğin kafama dank ettiği günlerden birinde, tam Şifa Hastanesi'nin önünde olan evimden çıkmak üzereydim. Kızgındım hayatın zorluklarına. Zorluk ki ne zorluk. Sınavlar, eski sevgilimin yeni sevgili yapmış olması, sigaramın bitmiş olması. Dizim kanıyordu sadece aslında ama ben ölüyorum sanıyordum. Duyarsızlaşmıştım iyice. Ekmek elden su göldendi çünkü. Evden çıkıp yürümeye başladım karşıdaki hastane büfesine doğru sigara paketini tazelemeye. Bilirsiniz, hastane önleri çok yoğun ve çeşitli duyguların yaşan-

Filler ve Bulutlar

dığı yerlerdir. Hüzün, pişmanlık, öfke, kin, intikam... Ben oradayken yine olaylar patlak verecek gibiydi zaten, ufaktan bağırış çağırışlar vardı. İlk önce bir ambulans geldi sirenlerini bağırta bağırta. Sonra ardından birkaç araba hızla yanaştı. Birden kavga kıyamet, insanlar birbirine girdi. Ben tabii kaç gündür evden çıkmamışım, izliyordum yaktığım sigaramla beraber. Sonra bir adam yerden kalktı, tabancasını çıkardı, bağırarak bir şeyler söyledi. Ben geri çekilmeye, yoluma gitmeye yeltenirken yapma çığlıkları atan bir ablaya ilişti gözüm. Yerde yatan gencecik bir delikanlının üstüne kapanmış, yapma, diye bağırıyordu. Dinlemediler o ablayı. Vurdular çocuğu.

Bu klasiktir, bilirsiniz. Bir insan diğerini vurur, öldürür, bıçaklar, zarar verir. Buna karşıdan toplum der ki kim suçlu kim masum umursamadan: Su testisi su yolunda kırılır. Ama o gün sanki başka bir şey vardı. Öyle bağırdı ki o abla, 'Yapma o daha çocuk,' diye. Şuramdan bir şeyler koptu. Çaresizliğin bir bedene sıkıştırılmış biçimiydi sanki o abla. Ne zaman evden çıkarsam çıkayım, aklımdan gitmiyor şimdi o çığlıklar.

O iki el silah sesi.
O feryatlar.

İnsanlar, çaresiz bırakırken öyle acımasız olabiliyor ki,
Dünyadan göç etme isteği geliyor insanın bir an önce.
Öyle işte.

***

Salih Çağlayan

Sonra bir bakıyorsun, tüm çabalarının sonunda elinde tek kalan morarmış eller ve gözaltları, biraz çürümüş ciğer ve yalnızlığın. İnsanların kalın paltolarını giyip, üç deyince seni terk etmeleri kalmış sana.

Karşı koyamamak şimdi sana. Bu sırtıma saplanmış paslı bıçağın yerini her geçen gün değiştirmene ses çıkaramamak. Zaman geçtikçe daha da, biraz daha yenilmek sana. Aşk, boğazımdan iki lokmanın geçmemesi değil, boğazıma paslı çiviler doldurulmasına ses çıkaramamak.

Şehirler gezdim. Caddelerde yürüdüm. Sokaklarda sarhoştum, uyudum. Kaçabildiğim kadar kaçmak istedim her şeyden.

Dünyanın dönüş yönünün tersine doğru daireler çizmeye başlayınca ayakların, ne kadar koşarsan koş eninde sonunda, ayık veya sarhoş... Uykulu veya uykusuz, aç veya tok veya hasta... Elinde kanlarla, gözünde morluklarla... Titreyen sesinle veya yorgun düşmüş bedeninle... Hangi şekilde, ne durumda olduğuna aldırmaksızın aynı noktaya döndüreceğini anlıyorsun.

Filler ve Bulutlar

Bir şey sana öğretiyor kaçışın olmadığını. Bir şey sana gösteriyor bundan sonraki yaşamının hangi renk olduğunu. Bir şey kafana mermi gibi sokuyor, ayaklarının altı kanlanana kadar koşsan da eninde sonunda canın yana yana, kanın aka aka, yürüyerek veya koşarak... döneceksin o noktaya! Sen saplanmışsın oraya artık. Nasıl bıçak ete girince değil, çıkınca daha çok zarar verir, sen de aynı böylesin. Buradasın artık.

Bir şey ki bu, uyku bölüp boğazından aşağı, avcuna aldığın kum tanelerini rüzgârda savurur gibi paslı çiviler dolduruyor. Bir şey ki bu, sırtına bir bıçağı saplamakla kalmıyor, sırtına bir bıçağı sana günaydın der gibi her sabah, iyi geceler der gibi her gece, tekrar tekrar saplıyor. Bir şey ki bu, beni bir yara bandı gibi kana buluyor. Bir şey ki bu, yattığım yerden beni kaygıyla zıplatıp sokağa çıkartıyor. Ama bilmiyorum. Bu bilmemek öldürüyor beni. Bunu sorsalar şöyle derdim: Ne zaman yattığım yataktan ayrılsam, etrafımdan bana kurşun yağıyor ama ne görebiliyorum o silahı ne kaçabiliyorum.

Aklım başımda değil. Doğrusunu söylemek gerekirse kimse benimle değil ki. Buna ben de dahil!..

***

Salih Çağlayan

Saatlerce duvarları yumruklamış, sokaklarda volta atmışsın sabaha kadar. Hiçbir çiçeğe su vermemişsin, öldürmüşsün onları. Ama yetmemiş sana. Geçmemiş ki o acı sabaha. Dövme gibi yapışmış koluna ve üstelik bir dövmeden katbekat arsızca durmuş oralarda bir yerlerde. Tam içinde hatta. Sınırda nöbet bekleyen askerin vatan sevgisini, soğuk havanın yenmesi gibi. Yenik düşmüşsün aslında ki bu düşmek öyle ayağının takılması gibi değil de ayağına kaldırım taşlarının yapışması gibi olmuş. Ve sen her sabah garip bir inatla tam beş dakika on bir saniye sonra geçeceğine inanmışsın. Ama komik bir şekilde hiç geçmemiş. Olsun demiş durmuşsun birkaç sefer ah dedikten sonra.

Dünyanın dönüyor olmasına kahkahalar atarken babanın gençlik yıllarından kalma o siyah uzun parkanın içinde, aslında acımışsın kendine biraz. Dakikalar arasında yaşamanın mantığını sorgulamışsın, birkaç dakika daha yaşasan bunun sana ne faydası olacağını düşünüp düşünüp hiçbir şey bulamamışsın. Gözlerin bir silah aramış etrafta ve ne yazık ki onu bile bulamamışsın.

Kırk defa düşünsen aklına gelmeyecek şeyler bir kere düşünce aklına gelmiş o gece. Ağlamış ve anlamışsın aslında bir şeylerin yolunda gitmeyişine ve bunu idrak etmiş olmana.

***

Filler ve Bulutlar

"*Ya abi bırak nasihati da anlat. Siktir çekiyordun falan, unutmadık. Ne oldu?*"

Bu, ablasının yanına gidecekmiş İzmir'e. Öğrendim arkadaşından, ben de bilet aldım. Yüzsüzlük müzsüzlük dedim, siktir et, ne olursa olsun. Gittim otogara, çaktırmadan baktım. Orada bu, ailesiyle. Babası falan var, beni tanımıyor ama. Gittim yanlarına, beni görünce şaşırdı tabii ama babası var, çaktırmıyor. 'Aaa,' dedim. 'Elif sen de mi İzmir'e gidiyorsun? Ne zamandır görüşmüyoruz, özledik kız,' dedim, bir sarıldım buna. Afalladı kaldı. Sonra, 'Amca merhaba, okuldan arkadaşız. Bahsetti mi bilmiyorum ama merhaba,' dedim. Adam da yazık, 'Yok oğlum, anlatmadı,' dedi ama yüreği ferahladı. 'Oh,' dedi. 'Mukayyet ol oğlum İzmir'e kadar. Yolda falan malum, insanın başına her şey geliyor.' Ulan, dedim baba yüreği ama Elif'e baktım, benim yüreğim daha beter, der gibi.

Sonra bindik otobüse. Hiç yüzüme bakmadan koltuğuna oturdu. Ben de arka sıralardayım baya ama kafamı yana eğdiğim zaman saçlarını görüyorum böyle. Ulan ne büyük şeref onun saçlarını görmek! İnince eğilirim diyorum, boynumu bükerim artık kessin diye böyle. Karşındayım ulan, derim. Sırf sana bir defa daha sarılmak için bindim geldim buraya, derim. Giderse yine gider, falan diyorum. İki saat boyunca saçlarını izledim ve aklımda sadece ona o sarıldığım an. Şaşkınlığına bile âşık oldum. Sonra durduk dinlenme tesisinde. İndim otobüsten, o da indi ama bakamıyorum, yanına gidemiyorum. Yaktım bir sigara. Pişman oldum, olacağım böyle. Abi sonra yanıma yaklaştı ve bir sarıldı. Sarılmayı özlemiş lan o da. O da o saat boyunca düşünmüş. Hatırlatmasam hiç olmayacaktı belki, gururunu kırıp gelmeyecekti belki de ama özleyince öyle sarılıyor insan işte. Ben heyecandan sarılırken saçını yakmış olsam da biraz sigarayla, o kokuya gülsek de biraz... Onunla gülmek güzel...

Kızlarının adını Özlem koyanların hikâyesi. Kızı olacak diye heyecandan rakı içen adamın hikâyesi. Onu bir daha görsem sarılırım diye İzmir'e giden kadının hikâyesi.

Ben dinledim, güzeldi...

***

Filler ve Bulutlar

Çok yanlışsam ve zararlıysam sizin şu toplum dediğiniz aptallar yuvasına, susun. Çirkin suratlarınızı buruştururken çıkardığınız çık çık sesleri size kalsın, susun.

Bir gün kendimi litre litre benzin eşliğinde ateşe verirsem veya pahalı kahvelerin satıldığı bir kafenin önünde sıkarsam kafama veyahut atlarsam bir alışveriş merkezinin sekizinci katından, yine susun. Beni ayıplamak sizin haddinize değil.

Susun ama bu çenenizi kapatın demek değil.
Susun ama tıpkı öldürülen kadınlara, sokak ortasında dövülen çocuklara, açlıktan kırılan evsizlere, tecavüze uğramış kızlara, seksen bir yaşında karnını doyurmak için mendil satan yaşlılara sustuğunuz gibi susun. Bile isteye görmediğiniz, arabanızın camına yapışan çocuklara nasıl susuyorsanız öyle işte.

Zira bir sokak köpeği sizden çok daha samimi.

***

Salih Çağlayan

Bir masa etrafına oturmuşuz. Yanımda sen, diğer sandalyelerde insanlar. Yemekler yeniyor. Kış gelmiş malum, ben sana bitki çayları yapıyorum. Çorbalar, meyveler, yemekten sonra herkes gerçekliğini kusmaya başlıyor. Masa kirli. Masa geçmiş dolu. Masa anılar kaplı. Herkesin maskesi birer birer düşüyor önüne. Artık herkesi daha net görebiliyorum. Daha iyi anlayabiliyorum. İçindeki sahteliği daha iyi seziyorum. Kalkıyoruz o masadan. Balkonlardan taşan muhabbetler seviyoruz seninle, odalara sığmayan. Birlikte uyuyup, yalnızlığın koynunda uyanıyoruz. Bir silah, her zaman tetikte yastığımızın altında. Kelimeler, anlamlar, anlamlandırılamayanlar, ihtimaller, mahaller... İç yüzü farklı bin bir olaylar. Dış yüzü farklı insanlar. Bırakıp gideceğim diyorsun, balkonlara sığmayan muhabbetler gibi sığmayacağım bu odalara diyorsun. İnsanların maskeleri birer birer düşüyor. Herkesin içindeki sahteliği daha net seziyorsun. Bir silah, yastığının altında. Masadaki herkesi vurmak istiyorsun.

***

Filler ve Bulutlar

Saim Abi vardı bizim düğün salonunda, şef. Boş zamanlarımda düğün salonunda çalışıyorum, zamanımı öyle değerlendiriyorum o zamanlar. Yorucu zamanlardı, bazen günde üç düğün olurdu. Sıkı bir tempo hâkim olurdu haliyle.

Yine bir gün düğün öncesi koşuşturuyoruz, başımızda da Saim Abi var tabii. O ne derse yapıyoruz, o yönlendiriyor bizi oraya buraya. Düğün de alkollü olduğu için iş biraz daha yoğun ve çok. O da biz gibi sağa sola koşuşturuyor. Bitti sonra hazırlıklar. Dinlenmeye, sigara içip muhabbet etmeye başladık.

Saim Abiyi yıllardır tanırım. Küçüklüğümde çok durdu başımda. Mahallenin abisiydi bir nevi benim için. Bir de nişanlısı vardı; Elif Abla. Yıllarca beraberdiler. Uzun süre çıktılar, söz oldu, bin bir zahmet nişan oldu, nasip ama düğün olmadı, atıldı yüzükler. Elif Ablanın ailesi biraz varlıklıydı, baştan beri istemiyorlardı Saim Abiyi. Kesinlikle olmaz dediler, engel olmaya çalıştılar, oldular da. Saim Abi tabii öyle değil, gücü yetmiyor her şeye. Bir süre uğraştılar, ailelerini karşılarına aldılar ama olmadı. Kestiler bir süre sonra tüm muhabbeti.

Salih Çağlayan

"Ne o yüzükler ne de cenazen artık. Biz hiçbir şey olamayız seninle," demişti Saim Abi, hiç unutmam.

Zaman geçti, çok zaman geçti.
Sonra o düğün başladı. Bizim salonda böyledir; ilk misafirler, davetliler gelir, yemek dağıtılır alelacele, yemekler toplanırken müzik eşliğinde gelin ve damat gelir. Dağıttık yemekleri falan, bitiriyoruz yavaş yavaş işi. Yorucu ama ne yorucu, kollarım kopuyor o zamanlar.

Sonra o vakit geldi.
Sonra Elif Abla geldi.
Ama ne gelmek!
Bir elinde çiçeği ve üstelik bembeyaz.

Saçları hatırladığımdan çok daha uzun ve yanında evleneceği adam.
Salına salına geliyorlar alkışlar eşliğinde, ben de en önden izliyorum çünkü konfeti patlatan düğün görevlisi benim. Sağa sola selam vermek, el sallamak için bakınırken gördü beni.
Tanıyor beni fazlasıyla, orada çalıştığımı da biliyor. İkimizin de!

Sonra ben koşa koşa mutfağa gittim kafamda kurduğum sahneler yaşanmasın diye. Saim Abiyi buldum.
-Gitmemiz lazım abi.
-Kalk git lan başımdan, bir ton işim var. Daha düğünün pastası çıkacak. Ben kestiriyorum, bilmiyorsun sanki abisi.

Filler ve Bulutlar

-Abi gel diyorum, dinle gözünü seveyim ya.
-Lan kalk git, delirtme beni!
-Abi, Elif Abla...

Birden bıçak gibi kesildi gülümsemesi, sinirlendi. Kızgın kızgın konuşmaya başladı.

-Ne olmuş lan Elif Ablana, burada mı? Bir şey mi dedi sana? Nerede lan o, göster çabuk bana.
-Abi, hayır, demedi bir şey. Gel diyorum lütfen.

Dedim ama nafile! Ayağa kalktı, sigarasını söndürdü. Hızlı hızlı yürümeye başladı. Yapıştım koluna abi yapma etme diyerek ama bir türlü engel olamadım işte kadere. İyi tanırım dedim ya Saim Abiyi, şakağına silah dayasalar eyvallah der normalde. Ama o sahneyi görünce tak etti canına, kaskatı kesilmiş olduğu yerde, bakıyor sessiz sessiz. Ama nasıl soluk alıp veriyor, nasıl çarpıyor kalbi, iyi biliyorum.

"Bu kadar vicdansız olunmaz oğlum, böyle yapmazdı, bu kadar değildi," diye sayıklıyor sinirli sinirli. Hızlı adımlarla mutfağa gitti, duramıyor yerinde. Normalinden otuz beş-kırk dakika önce aldı pasta arabasıyla bir bıçak, yürümeye başladı hızlı hızlı. Peşinde kuyruk gibi dolaşıyoruz ama nafile, koymuş kafasına, gösterecek kendini. Buradayım diyecek.

Koşar adımlarla yürüyor açılın, diyerek. Ama ne yürümek, artık yeter der gibi adım atıyor inatla.

Salih Çağlayan

Sahne önüne geldi, Elif Abla da gördü o sıra. O da baktı kaldı, ne diyeceğini bilemedi. Ama şimdi konusu açıldığında şey diyor Saim Abi: "Sen yapamadın demeye geldi, adım gibi biliyorum. Unut artık beni demeye geldi, biliyorum işte oğlum."

"Al kes lan!" diye bağırdı attı bıçağı yere. Millet çıt çıkarmadan izliyor, anlam vermeye çalışıyor olanlara.

Sonra aldılar Saim Abiyi, götürdüler. Ben de peşindeyim, çıkardılar dışarı. "Hadi gidelim," dedi bana bakarak.

Sonrasını sorarsanız, yok sonrası.
Sonra her şey çabuk unutuldu.
Sonra evlendi Elif Abla.
Sonra bir oğlu oldu, şimdi iki yaşına girmek üzeredir.

Saim Abi de işte bir sosyal medya hesabında şey yazmış:

Düğün pastasını keserken fotoğrafı var profilinde. O elindeki bıçakla beni kesseydi daha az acırdı.

***

Filler ve Bulutlar

Burnumda kan kokusu var.
Sebebini bilmiyorum.
Biraz da ellerim titriyor tabii.
Doktora gitmemi söyleyenler var Leyla.
Hiçbir şey bilmiyorlar.
İlaçlar alıyorum, sadece uykularımı uzatıyor.

Bu bir şiir sayılır mı?

Kâğıtlar için yapılabilecek en güzel şey şiir yazmaktır, derdi annem.
Sana şiir yazamam, üzgünüm.
Sana şiir yazamam.
Ama şiirlerde anlatılanlardan çok daha fazla sevebilirim seni.
Şiirlerde yazanlara nazaran çok daha güzel hem de.

Burnumda kan kokusu var ve ellerim titriyor.
Dün sizi gördüm. Biz olmuşsunuz.
Ayrıca o mavi şapka sana çok yakışmış.
Seni dün gülümserken gördüm, üstelik bir başkasına.
Leyla, bu tam olarak bir acıydı.
Bu, bana kendimi çok kötü hissettiriyor.
Bu, bana kendimi kanatları kopartıldıktan sonra uçmaya zorlanan bir kuş gibi hissettiriyor.

Salih Çağlayan

Doktorlar uyumamı istiyorlar.
Uyumak bana iyi gelecekmiş.
Rüyalarıma lütfen gelme.

Rüyalarımdan gidiyorsun.
Bu, inan bana çok zor.
Acıtıyor ve burnumda kan kokusu var.
Seni başkasına gülümserken gördüğümü söylemiş miydim?
Gerçekten gördüm ve üstelik gerçekti.
Başkasına gülümsüyordun.
Bu yazıyı yazmak kısa sürdü.
Hiç sigara veya alkol içmemiştim,
Senden bir hoşça kal bana yadigâr olana kadar.
Şimdi buram buram nikotin kokuyorum, leş gibi.
Bu bir şiir sayılır mı?

***

Filler ve Bulutlar

Sanki
bileklerimden sıcak sıcak sızan kanlar var
ve sen
halının kirleniyor olmasına ağlıyorsun gibi.

Salih Çağlayan

Canımın acısı.
Ellerim öyle titriyor ki,
Ve bu acı veriyor.
Başkasına gülümsediğini bilmek,
Kömür bir nevi içimin yangınlarına.
Aslında doğruyu söylemek gerekirse tam olarak vaziyet bu.

Devrik cümlelerin adamı oldum biraz.
Gözlerim ağırlaşıyor.
Doktorlar ve attığım haplar uyumamı istiyorlar.
"Gülümsemişsin başkasına."
Senin sesini ilk duyduğumda,
Kafamın içerisindeki tüm sesler kesilmişti.
Şimdi kafamın içini kemiren seslerden bahsediyorum.
Ah, canımın içi.
Yanında aldığım her nefes,
Birer virgüldü acılarıma.
Bilmiyorum.
Bu bir şiir sayılır mı?
Gözlerim ağırlaşıyor.
Şimdi uyusam mı, bilmiyorum.
Uyursam, rüyalarıma gelir misin yine?
Çok merak ediyorum, nasıldı eskiden?

Filler ve Bulutlar

Gelme, lütfen gelme.
Gidiyorsun ve canım acıyor.
Bu tüm sahneleri aynı olan bir film gibi.
Gitmelerin kadınıymışsın, farkına bile varamadım.

Bu çok zor!
En azından benim için...
Umarım hep gülümsersin,
Kiminle olursan ol.
Özlediğim gibi kal.
En son konuşmamızda sana demiştim ki:
Sonra bitiremez olduk yazdıklarımızı, kendine iyi bak demeden.
Kendine iyi bak canımın acısı.

**

Salih Çağlayan

"Annemden daha fazla yaşamamak için çok yalvardım sana Allah'ım, hikmetine sorgu sual olmaz ama
   keşke
   beni
   biraz
   dinleseydin."

Annem, babamın fotoğrafına sarılarak uyumaların kadınıydı. Odamda sigara içmeme çok kızmaların, başkası için, başkasından daha çok üzülmelerin kadınıydı. Annemdi, çok güzel gözleri vardı. Rabbim, neden demek istemiyorum sana. Ama çiçeğimi kopardın.

Şimdiki halimi görse, bayılıp kalırdı büyük bir ihtimal oğlum diyerek. Hele dinlediğim şarkıları duysa, karartıyorsun içini bunlarla diye çok kızardı. Annem, çok sorumluluk sahiplen-

Filler ve Bulutlar

melerin kadınıydı. Zira bana babalık da yaptı babamın yaptığından çok daha fazla. Ama beni asıl üzen şey Allah'ım, beni asıl üzen şey, o artık hiçbir şey yapamıyor. Sadece uyuyor. Aynı yerde günler, aylar, hatta yıllardır. Oysa bana çok kızardı salonda uyuduğumda. Annelere kızılmaz, biliyorum ama artık ben de ona çok kızıyorum. Rica ediyorum, bana günah yazma Allah'ım.

Çünkü yerinde yatmıyor.
Onun yeri orası değil ki Allah'ım!
Onun yeri, benim yanımdı.

Allah'ım, çiçeğimi kopardın.
Alacağın olsun.

***

Salih Çağlayan

Tüm dünyayı bulanık gördüğüm zamanlarda;
Kafamın kör bir inatla dünyanın tersine doğru dönmesine rağmen,
Ve üstelik insanlar vedana dair,
Sana dair,
Şimdi biraz daha sana dair,
Kötü kelimeleri ağızlarına doldurup doldurup
Sana doğru boşalttıklarında bile sokaklar dolusu insan,
Ben o yarayı gözüm gibi sakladım.

Göğsümde duvarların altında kalışımın son kalan izleri,
Birkaç tel saç teli.
Ve dibi kalmış ucuz parfüm şişesi,
Gariptir ki bana, tüm var oluşumun sebebini anlatıyor.

Filler ve Bulutlar

Sokakta akşam ezanı okunana kadar topla oynayan küçük piçlere sor,
Unutmadım.

Kafamı her gördüğümde üç defa vurduğum taşlara sor,
Unutmadım.

Annemin tozlanmış mezar taşına sor,
Katiyen unutmadım.

Ciğerimi çok yaktı ama ben o yarayı gözüm gibi sakladım.

Sen olsan unutabilir misin?
Ben, unutmadım.

Salih Çağlayan

Çocuk parklarında yaşımın kaç basamaklı olduğunu unutarak koşuşturmak isteyen bir umudum vardı eskiden. Çok eskiden ama.
Şimdi öksürdüğümde avuçlarım kıpkırmızı oluyor.
Çok üzülüyorum Züleyha.

Çiçekler, saksılar, yavru kediler bana cennetten gelmiş gibilerdi.
Şimdi kaldırım çiçeklerini eziyorum, üstelik hiç acımadan.
Hiç mi hiç üzülmeden.
Çamaşırları değil, yastığımın kılıfını asıyorum şimdi balkona kurusun diye.
Ben size, anneme, babama nasıl izah edeyim bu vaziyeti?

Kafamın içerisindeki ölen çocukları, öldürülmüş hayvanları, kan kusan yaşlıları,
Anlatsam, annem ağlar mı?

Filler ve Bulutlar

Veya babam bir tokat daha atar mı?

Pembe kapaklı günlüğüme vücudumda dolaşan naçizane sıvıyla şiir yazmaya çalıştım.
Kötü oldu.

Aslında birçok şey,
çok
kötü
oldu.

Bir delikanlı tanımıştım market işlettiğim zamanlarda.
Harçlığının çoğuna süt alıp kedilere verirdi.
Helal olsun sana be dediğim zamanlar çok geride kaldı, aptallık şimdi yaptığı.

Çünkü güzellikler seninle birlikte öldü Züleyha.

Biliyor musun, banyoda çok ağladım. Banyo ağlamaların değil, sevişmelerin yeriydi bize.
Ama yine de suyu da sonuna kadar açıyorum.
Annem kızmasın.
Babam duymasın.

İyilikler seninle birlikte öldü Züleyha.

Şimdi kızıyorum bastonlu amcalara, önümde yavaş yavaş yürüyorlar.
Hatta inanır mısın çok ayıp ediyorum, küfür bile ediyorum artık olur olmaz şeylere.

Salih Çağlayan

Sabrım kalmadı artık Züleyha.

Ben artık edepsizim ama sus.
Annem duyarsa çok üzülür.
Şans oyunlarına paramı çarçur etmeyeceğime dair yeminler edip, sözler vermiştim insanlara.
Allah günah yazmasın,
Kaç defa bozdum o yeminleri, bilmiyorum.

Artık böyle Züleyha.
Ne yaptığımı bilmiyorum.
Bil ki senin yüzünden Züleyha.
Bil ki,
Boğazımın dokuz boğumuna doksan dokuz kurşun düzdüğünden bu zamansız veda ile.

Artık Züleyha,
Bitsin istiyorum.
Bu şey.

Zira fazlasıyla tahammülsüzleştim.

***

Filler ve Bulutlar

Göğsüm, seni taşıyamıyorum.

Ciğergahıma atılan bir düzine yumruğun ta kendisini, hıçkırarak. Ama pişmanlıkla değil. Katiyen değil.

Duvarları yumruklamayı hobi edinmeyi. Bu ağrıyı sevmeyi. Hepsini. Her şeyi sevmeyi. Bilmeyi. Görmeyi. Hastalığımı. Çenemi sıkıp dişlerimi kırarak.
Bırakıyorum birkaç parça beynimden kopardığım etin yanına. Kokla. Kus ne varsa içinde.
Buraya bırakıyorum. Tam buraya bırakmalıyım.

Zirveye tırmandıkça zirveden uzaklaşıyorsunuz hepiniz. Ben hariç. Benim lügatimde yok o zirveler, doruklar.

Ben diplerin adamıyım.
Annemin birkaç adımıyım.
Saçlarını yoldurtan pişmanlığıyım ebeveynlerimin.
İşte, bunun acısını taşıyamıyorum artık göğsümde.

Şimdi. Şimdi. Evet şimdi. Selam.
En büyük pişmanlığıyım görücü usulü temelli bir ailenin.
Yüzünün kapkara oluşu. Sıraya giren yüzünün, sıra sıra yüzüme tükürüşü. Anlayamadığım sebeplerden dolayı üstelik.

Salih Çağlayan

Merhaba Rina!
Güleceksin biliyorum.
Ama,
Kaldıramıyorum ki.
Alışamıyorum ki.
Yapamıyorum ki.

Göğsüm, seni taşıyamıyorum.

Çünkü benim ellerimi kanatmak,
Ciğerimi düzenli olarak işkenceye maruz bırakmak.
Üzülmek, ağlamak.
Dağılmak zorunda bıraktılar.

Bunların hepsini herkesin biliyor ama ses çıkartmıyor oluşu
Bir acı,
Bir acı daha,
Evet, biraz daha.
Geliyorum ayıp ayıp.
Sana, özüme.
Yerin yüzü olmayan, ışık geçirmeyen tarafına.

Göğsüm.
Üzgünüm.
Seni.
Taşıyamıyorum.

***

Filler ve Bulutlar

-Bir parça morga, biraz da kabre benzeyen bir kalbin ritmini ayakta alkışla. Duvarlara yumruk ata ata barış kendinle. Sen busun, böyle kalacaksın ama üzülme.
-*Yalnız? Yalnız mı?*
-*Doldur, şerefe!*
Tokat yemekten mosmor olmuş yanaklarımı öp,
Dikiş izlerinden, bir kabartma haritaya benzeyen bileklerimden öp,
Ameliyatsız yerlerimden öp.
Ve çocukluğumdan öp beni Züleyha.
Gidemediğim parkların hepsinden birkaç kez,
Tekrar tekrar...
Ritmi kaçırma.
Kalbim, kabre benzese de korkma benden, hem kabirler tek kişiliktir.

Çok hata yaptım, kabul ama yerin hiç değişmedi. Yemin ederim yirmi sekiz defa hem de.
Yıpratmasana böyle kendini, diyerek vur bana istediğin kadar. Eskisi gibi yine.
Bağışla sonra.
Öksürünce kırmızıya boyanan dudaklarımı bir kez olsun öp Züleyha.

Salih Çağlayan

Hak ettim ben bunu.
-Hak etmedim mi?
-Doldur, şerefe!
Beni bakkala götür.
Pembe kâğıtlı çikolatalar çocukluğumdan yadigâr bir yara bana Züleyha.
Bana pembe kâğıtlı bir çikolata al.
Sonra ağzımın kirlenmiş yanlarını öp.
Ben hak ettim bunu.
-Sorma sakın, doldur.
-Şerefe!
Kanamayan dizlerimi öp Züleyha.
Böyle sev beni.
Ağlamama da kızma, yanında olamadım yıllarca.
Belki çok istedim ama sen istemedin, önemli değil.
Yakınlarında yaşayamadım.
-Kırdım mı seni? Kırdım mı?
-Konuşma, doldur. Şerefe!
Al karşına beni, dokun saçlarıma.
Evim diyeyim sana, benim güzel evim.
-Diyeyim mi?
-Sus! Doldur, şerefe!
Anlamıyorum Züleyha.
Nasıl bu kadar bahtsız doğabildim dünyaya.
Bazen ana rahminde bir şans daha duası ediyorum.
Saçmalıyorum, biliyorum ama umudum var Züleyha.
Ana rahmine dönüş olmasa da tekrar,
Yanımda kalırsan yeniden doğarım.
Dokuz boğumlu boğazım üzerine doksan dokuz yemin ederim.

Filler ve Bulutlar

Yapabilirim.
-*İnanmıyor musun?*
-*Doldur, ama bu son kadeh. Şerefe!*
Beni ciğergahına yatır Züleyha'm.
Sana Züleyha'm, dememe de kızma.
Çocukken dilime dolanan tekerlemeleri anımsatıyor bana yüzün.
Çocukluğuma benziyor bir yanın Züleyha.
Kimsesiz ve kimsesiz.
Bana bakacaksan da öyle bakma Züleyha.
"*Dik dik bakma bana ben böylesine yırtılmışken.*"
-*Anlaştık mı?*
-*İçme artık.*
Mahallede evcilik oynarken saçını çekerdim ya,
Söz, bir daha saçını çekmeyeceğim.
Yemin ederim bu sefer yedi kere,
Yanlışlar yapmayacağım artık Züleyha.
-*İnanmıyor musun?*
-*Soru sorup durmasana sen!*
Susayım ama ciğergahına yatır beni, yalvarırım.

Hayat kısa Züleyha'm!
Sarıl artık bana.

***

Salih Çağlayan

Şehrin tepesindeydik o zamanlar.
Oturduğumuz yerden,
İnsanlara tükürürdük.
Saklanırdık sonra, sanki bir şey olacakmış gibi.
Gülme, kafamız güzeldi.
Gülme, umudumuz vardı birilerinin geleceğine dair.
Gülme!
Buna gülünmez, ağlanır...

Yalnız bırakıldım bu dünyada.

Saçlarımı kimse okşamadı.
Bugün çok güzel görünüyorsunların adamı olamadım hiç.
Gözden kaçırılışların adamıydım ben daha çok.
Hiçbir zaman, bir otogara vardığımda, 'Nerede kaldın?' sorularına maruz kalamadım.

Yalnız bırakıldım bu dünyada.

Filler ve Bulutlar

Çok şanssızlığımdan mıdır ne,
Sarıldığım ne varsa bu zamana kadar,
Göğsümde bir iz bırakıp gitti.
Çok şanssızlığımdan mıdır ne,
Neye tutunduysam bu zamana kadar,
Sonrasında ellerime, yedişerden on dört dikiş atıldı.

Yalnız bırakıldım bu dünyada.

Kafamı güzelleştirmeye daha çok özen göstermeye başladım sonra.
İhtiyaç duymadım insanlara uçtukça.
Uçtukça, tükürüp insanlara tepeden, saklandım.
Sanki bir şey olacakmış gibi.
Gülme! Beni dövmek, kemiklerimi kırmak istese de, birilerinin geleceğine dair umudum vardı.
Gülme, bilmiyordum.

***

Salih Çağlayan

Benden olmazmış baba.
Yapamazmışım.
Korkup kaçarmışım.
Ayak uyduramaz, beceremezmişim.
Biliyor musun, yanımda olsaydın yapabilir, becerebilirdim.
O klasik soruyu sormadan hemen önce, leb demeden anladılar leblebiyi.
Ben bunları hak edecek çok şey yapmışım.
Ben böyle yapamazmışım.
Anlayamazmışım.
Bana bu yüzden hoşça kal demişler hep
Özlemek kaldı bana senden baba.
Kötü rüyalar gördüğümde sana sarılmayı,
Seni dünyanın en güçlü adamı sanmayı,
Yan yana yürüdüğümüzde ayak ritimlerimizi, küçük ayaklarımla tutturmaya çalışmayı,
Çok, çok ve çok fazla özlemek...
Özlüyorum işte baba.
Bu şey baba, bu şey beni öldürmüyor ama ölmek için dua ettiriyor.

Filler ve Bulutlar

Bu bir dua sayılmaz, biliyorum ama yalvarıyorum baba.

Sekizinci yaş günümde yaptığın gibi eve pasta alarak gel.

Ama sekizinci yaş günümden beş gün sonra yaptığından bir daha yapma.

Bir daha ölme baba.

Baban yok senin, dediler sen gittikten sonra çocuklar.

Seyfettin vardı, senin arkadaşının oğlu,

Benim babam senin babanı döver, dedi bana.

On dokuz yaşıma geldim, hâlâ hatırladıkça canımı acıtır bu.

Ben sensiz kalmayı hak edecek ne yaptım baba?

Tamam, bir kere öl, demiştim sana ama çok kızgındım.

Bilmiyordum ki beni dinleyeceğini baba.

Sen zaten hiç dinlemezdin beni.

Kızardın hep.

Annem, sen gittikten sonra, senin beni hep sevdiğini ve seveceğini söylemişti.

Beni seviyor musun baba?

Seviyorsan, neden gelmedin tam on bir yıldır?

Sevmiyorsan, neden sevmedin?

Ben senin oğlun değil miyim baba?

Dayak yedim baba.

Çok dayak yedim mahallede.

Sizi babama söyleyeceğim, diyemedim.

Onları babama söyleyemedim.

Küçük bir çocuğu çok üzmüştü bu şey.

Salih Çağlayan

Bu çaresizlik beni bazı geceler aç bıraktı baba.
Maden suyunu çok sevdiğini hatırlıyorum.
Yemekten sonra balkonda sigara içerken, anneme çay oldu mu hanım, deyişini de öyle.
Ama baba, neden bana sarılışını saniyesi saniyesine hatırlayamıyorum?
Baba, sence de bu, biraz haksızlık değil mi?
Olsun baba.
Olsun, seni seviyorum baba.
Seni çok seviyorum.
Doğum günün kutlu olsun.

***

Filler ve Bulutlar

Duvarları yumruklamak, kaybetmek, kırılmak, paramparça olmak değil de, çaresizliktir aslında en zoru. Mesela her şey kötü gitse bile yakınınızın, en yakınınızın sağlığı iyiyse her şey hallolur. Eğer sağlık problemi yüzünden iç çeke çeke ağlamışsanız, ne demek istediğimi az çok anlamışsınızdır.

Öyle günlerden biriydi işte. Sövüp sayıyordum olmamışlara, olmayacaklara. Geçmişe, gidene, kalana derken zaman öldürüyordum. Elimde daima sigaram yanmazdı o zamanlar, isyan ederim hep falan. Çocuk gibiydim. Değer bilmiyordum. En azından değerini bilmem gerekenlerin neler olduklarını bilmiyordum.

İyi kötü yaşayıp gidiyordum ama her şeyden şikâyetçiydim. Sonra telefonum çaldı. Birkaç şey duydum. Kulaklarım yandı, karnıma bir ağrı saplandı. Sonra göğsümün ortasına mermiler saplandı gibi oldu. Bu şey, sanki birisi siz sudan çıkmaya çalıştıkça ayağınızdan tutup sizi aşağıya çekiyor gibi hissettiriyordu, hiç unutmuyorum.

Salih Çağlayan

Bizim Ali kaza yapmış, omuriliğinden sağlam hasar almış. Şuuru kapalı bir vaziyette yoğun bakımdaymış. Motosikletlerin üzerinde büyüdü Ali. Çok deli kullanıyorsun, derdim hep, dinlemezdi. Dinlememişti yine. Hastalık seviyesinde âşıktı motosikletine. Yine son sürat giderken bu sefer duramamış, kamyonetin birisine arkadan çarpmış.

Apar topar hastaneye gidip yoğun bakım ünitesine girdiğimde, gördüğüm manzara kanımı dondurmuştu, unutmuyorum. Vücuduna bağlı kablolar, başının ucunda düzensiz bir ses çıkaran o kalp ritim zımbırtısından vardı.

Sevdiğiniz bir insanın hayatının birkaç kabloya bağlı olması ve sizin bu durum karşısında bir şey yapamıyor olmanız, sizi birdenbire olgunlaştırabiliyor.

Haftalarca bilinci kapalı vaziyette yattı o yatakta Ali. Dualar, gözyaşları, hastane duvarına atılan yumruklar, uyumamak için içilen o acı kahveler, soğuk havalar ve biraz daha dua falan... Sonra uyandı. Kendine geldi, o aralar dünyada başka hiçbir şey beni kendime getiremezdi. Kendimize geldik.

Uzatmaya gerek yok, Ali çıktı hastaneden, kalktı ayağa kısa bir süre sonra. Şimdi iş güç, koşuşturuyor.

Allah bir daha göstermesin. Ama mesele kazalar, hastalıklar değil. Mesele idrak edemiyor olmamız.

Bu hayatta neden insan, en kötüsünü yaşamadıkça akıllanmaz, şükür etmez?

Her şeyden şikâyetçi olduğum, her şeye küfür ettiğim zamanlar geldi bu olay başıma.

Filler ve Bulutlar

O hastane koridorları çok şey öğretti bana.
Bir kez daha sarılamayacak olmanın,
Bir kez daha arayıp, 'Gelirken sigara al lan,' diyemeyecek olmanın,
Bir kez daha göremeyecek olmanın korkusunu öğretti bana.
İliklerime kadar hissettim.
Kalkın, sarılın annenize, babanıza, sevdiğinize.
Bir kez olsun seni seviyorum, deyin onlara.
Diyorsanız zaten her gün, bir kez daha deyin.
Bir şey kaybetmezsiniz, çok şey kazanırsınız aksine.
Hayat, pişman olmak için çok kısa.
Elinizi çabuk tutun.

***

Salih Çağlayan

Bir hüzün var gözlerinde;
Sanki onlarca şiir yazmışsın da kimse okumaya bile tenezzül etmemiş gibisin.
Bir hüzün var gözlerinde;
Sanki yaralarının kabuk bağlamasını beklerken, ömrünü harcamış gibisin.
Bir hüzün var gözlerinde;
Sanki dün gece yastığın ıslak yüzünü çevirip çevirip uyumaya çalışmış gibisin.
Bir hüzün var gözlerinde;
Sanki bugün saatlerce bağırmışsın da kimseye duyuramamış gibisin.
Bir hüzün var gözlerinde;
Sanki sevdiğin insana hiç sarılamadan, onu kaybetmiş gibisin.
Bir hüzün var gözlerinde;
Sanki sevdiğim herkesi teker teker kaybetmiş gibisin.

Filler ve Bulutlar

Bir hüzün var gözlerinde;
Sanki dün balkonda sigara içerken, sokağındaki tüm çocukları, birisi gelip öldürmüş gibisin.
Bir hüzün var gözlerinde;
Sanki babana hiç sarılamamış, kokusunu çekememiş gibisin.
Bir hüzün var gözlerinde;
Sanki annene ölene kadar hiç çiçek almamış gibisin.
Bir hüzün var gözlerinde;
Sanki bugün gördüğün tüm insanlar ölmüş gibisin.
Bir hüzün var gözlerinde;
Sanki bugün girdiğin her sokakta bir yaşanmışlığını hatırlamış, dizlerinin üzerine çöküp ağlamış gibisin.
Bir hüzün var gözlerinde;
Sanki tüm şehre bahar gelmiş de senin sokağında hiç çiçek açmamış gibisin.
Bir hüzün var gözlerinde;
Sanki bir daha hiç mutlu olmayacak gibisin.
Bir hüzün var gözlerinde;
Sanki birisi tüm çiçeklerini toplayıp gitmiş gibisin.
Bir hüzün var gözlerinde;
Sanki hiç sevilmemiş gibisin.

***

Salih Çağlayan

Kafamın dünyanın tersine döndüğü vakitlerde, bir sokak köşesine adını yazdım ben senin.
Bunun hatırına, beni hatırla.
Alkol masalarında bile anmadım adını, kıskandım.
Bunun hatırına, beni hatırla.
Başıma çok şey geldi, ama ben yine senden vazgeçmedim.
Bunun hatırına, beni hatırla.
Bazen annemden yediğim tokatlar gibi, bazen de göğsümün ortasına mermiler saplanmış gibi acıttı. Ama ben sana kızmadım bile.
Bunun hatırına, beni hatırla.
Bazen ağladım, neden diye sabaha kadar sordum kendi kendime. Ama ben yine de sana suç bulmadım.
Bunun hatırına, beni hatırla.
Bazı geceler ortam müsait değildi, ama ben yine de senin fotoğrafını öpmeden uyumadım.
Bunun hatırına, beni hatırla.
Bazen zil zurna sarhoş oldum, ama seni arayıp rahatsız etmedim bir kez olsun.
Bunun hatırına, beni hatırla.

Filler ve Bulutlar

Ciğerime çok zarar verdim seni hatırladıkça, bir kere senin yüzünden, demedim.
Bunun hatırına, beni hatırla.
Zamanında beraber geçtiğimiz sokaklardan, başka kimseyle geçmedim.
Bunun hatırına, beni hatırla.
Seni tanıdığım güne, bir kez olsun lanet etmedim.
Bunun hatırına, beni hatırla.
Ben belki üzdüm seni, ama bir kez olsun yarı yolda bırakmadım.
Bunun hatırına, beni hatırla.
Nereye gidersem gideyim, yollarım hep sana çıktı.
Bunun hatırına, beni hatırla.
Yanımda kim olursa olsun, aklımda hep sen vardın benim.
Bunun hatırına, beni hatırla.
Kiminle olursam olayım, yerine kimseyi koymadım ben senin.
Bunun hatırına, beni hatırla.
Bendeki yerine asla ihanet etmedim,
Sana gülümsediğim gibi kimseye gülümsemedim.
Her gece uykularımdan kesip, doya doya bir başkasını özlemedim.
Bir seni sevdim bu hayatta.
Bunun hatırına, beni hatırla!

***

Salih Çağlayan

Aklına gelince
seni gülümseten kişi ben **olmayacağım**.
Bu, çok başka bir acı.

Arkadaşlarına anlatırken
elini ayağına dolandıran **kişi ben olmayacağım işte**.
Bu, çok başka bir acı.

Filler ve Bulutlar

Herkesin iç çektiği birisi vardır bu hayatta,
canımın acısı denildiğinde.

İçimde senden kalan yangınlar var.
Kanıtlayamam,
Ama hissedebiliyorum.
Elinin dokunduğu her yerimin,
Sönmek bilmeden yandığını biliyorum.

Geçecek.
Elbet geçecek.
Şu tepeyi geçince,
kendimizi şarampole yuvarladıktan sonra
inan hepsi geçecek.

Sana yine gelinir elbet ama
o yol beni çok öldürdü.
Beni de anla, yalvarırım.

Özlemek kaldı şimdi bana
senin yanında kendimi
bir papatya tarlası gibi hissetmeyi.

Salih Çağlayan

Kendinizi sevin. Kendiniz olun. Sevin, sevişin.
Başkasına değil, kendinize güzel gözükün.
Annenize sarılın. Alkol alın, günaha girip küfür edin
ama kendinize yazık etmeyin.
Bu hayat pişman olmak için çok kısa.

O an oradan gidebildiğim kadar,
kaçabildiğim kadar uzağa gitmek istedim.
Hani bazen şurada ölsem kalsam dersin ya,
o an ölmek bile istemedim, orada kalmamak için.
Öyle kötüydü.

Boğazından iki lokmanın geçmemesi değil,
boğazına paslı çiviler doldurulmasına ses çıkaramamak.

Ben sana sayfalar dolusu yazarım yazmasına lakin
sen bunları okuyunca aklına ben gelmeyeceğim.
Bu, sana yazmaktan daha çok acıtıyor.

O seni ciddiye almıyorsa ne yapabileceksin ki?
İçindeki yangınları bir kıvılcım sanıyorsa
ne diyebileceksin ki?

Filler ve Bulutlar

Kaybettiğin bir şeyin acısını yazmak başka,
hiç sahip olmadığın bir şeyin acısını yazmak başka
ve bu inanın tarif edilecek gibi değil.

Ellerimi, kanayan yerlerinden öpüp,
"bak kanına karıştım" dedin bana zamanında
ve ben seni bir kez daha görme umuduyla açtım kesikleri

Anlayacaksınız,
uğruna sabahlara kadar gözyaşı döktüğünüz insanlar,
gözünüze soka soka başkalarıyla gülümsediğinde
anlayacaksınız.

Bir ara sigara içerken karşımdaydın ya hani,
o sigara ciğerlerime iyi geliyordu.

İnsanın kendini rahat hissettiği tek yer balkon olmamalı.
Bir insanın acıdan ciğeri sökülebilir,
olsun ama *bir insan sadece balkonda rahatlamamalı.*

Salih Çağlayan

İlkokulluyum o zamanlar. Mavi önlüğüm ve köşeleri sarı lacivert kabartmalı yakalıklarım var. Mataram var Superman'lı, çantam falan o zaman için çok fiyakalı, üzerinde kocaman şimdi tam adını hatırlayamadığım bir süper kahraman figürü. Beslenme çantamı hiç söylemiyorum, o daha şekilli. Herkesinki plastik, benimkisi metal. Havalıyım efsane bir şekilde. O aptal tripleri hepiniz bilirsiniz. İlkokulun kendimizce fiyakalı çocuklarıydık işte.

Bu güzel geçen, akla gelince beni biraz gülümseten ve biraz utanmama sebep olan günlerin arasında Mesut diye bir arkadaşım vardı, ön sıramda oturuyordu. Benimkisi gibi fiyakalı çantası olmadı hiç. Ders kitaplarını market poşetinde taşırdı. Yırtılmaması için özen gösterirdi, katlayıp sıranın altına koyardı hep. Benim için gün, Mesut'un o poşetleri katlayıp naif bir şekilde sıranın altına koymasıyla başlardı o sıralar.

Benimkisi gibi fiyakalı bir matarası yoktu. Bildiğimiz pet şişe ile gelirdi okula. Önlüğü de abisinin eskisiydi. Aslında her şeyi öyleydi. Ama biz çok iyi anlaşırdık. Mesut küçük ama delikanlı çocuktu. Bizimle hiç maç yapmazdı mesela. Bizim adını duyunca ağzımızın suyunu akıtan beden derslerinde hep uyurdu. Şaşırırdık, anlayamazdık o zaman. Beden dersinde uyunmazdı bize göre.

"Çünkü Mesut sürekli yorgundu."

Filler ve Bulutlar

Defterleri yoktu. Bir defteri vardı, her şeyi ona yazardı ama her zaman öğretmen onun ödevlerine üç yıldız atardı. Çok çalışkan çocuktu ama hep uykuluydu.

Bir gün oldu, *Öğretmenler Günü* geldi. Ben annemle çarşıya gidiyorum, tabii önceki gün. *Bir gömlek ve kravat alalım anne, diyorum, öğretmenim her gün giyiyor onları. Kesin çok mutlu olur,* diyorum anneme heyecanlı heyecanlı.

Beyaz bir gömlek ve kravat almıştık. Mağazaya gitmeden önce arabanın camından Mesut'u gördüm gibi oldu birkaç saniye sanki. Sonra bakındım ama bulamadım. Sonra yaptık alışverişimizi, hava böyle tam kararmak üzere. Arabadayız, hava soğuk. Klima var ama sıcacık oluveriyor hemen arabanın içi falan. Geldiğimiz yolun tam tersi istikamettiyiz. Karşıya baktım ve bu sefer Mesut'u gördüm cidden. Önlüğü ve mendilleriyle kırmızı ışığı bekliyor. Şaşırdım. *Anne bak, Mesut,* dedim. *Anne, bu benim sınıf arkadaşım!*

Annem korna çaldı. Mesut bizi görünce uzaklaştı, durmadı. Şaşırdım, *acaba küstü mü bana,* diyorum kendi kendime. O gece annem bana tembihledi. *O arkadaşını gördüğünü kimseye söylemek yok,* dedi. *Tamam,* dedim.

Ertesi gün oldu, erkenden uyandım, kahvaltı yaptım. Arabadayız, *anne,* diyorum *daha hızlı git, ilk hediyeyi ben vermeliyim öğretmenime.* Klasik seremoni işte; hediyeler öğretmene verilir, öğretmen mutlu olur falan. Ben hediyemi verdim, öğretmenim teşekkür edip yanaklarımdan öptü beni.

Sonra Mesut geldi. Sarı bir kartona şiirimsi şeyler yazmış özene bezene. Biz gülüyoruz tabii öyle hediye mi olur lan diye. Bize göre öyle o zamanlar, çocuğuz ve aptalız fazlasıyla.

Sonra şaşırdım. Öğretmen kalktı yerinden, kocaman sarıldı Mesut'a. Gözleri doldu biraz. Defalarca öptü alnından Mesut'u.

Salih Çağlayan

Şaşırdım. Acaba o karton çok mu pahalıydı? Anlayamadık biz o zamanlar pek ama öğretmenimiz sigara içmeye çıktı hemen sonra.

Sonra zaman geçti ve okula geldiğimde öğretmenim yoktu sınıfta. Garip, hiç gelmemezlik yapmazdı.

Müdür bey bizi evimize yolladı. Sevindik tabii biz daha fazla uyuyacağız diye. Şimdi hâlâ var mı bilmiyorum, bizim zamanımızda sınıf anneleri vardı. Diğer öğrenci ailelerini falan arayıp önemli şeyleri, toplantı tarihlerini haber verirdi. Annemi aradılar işte o akşam. Annemin suratı düştü. Beni odama yolladı falan, yarım saat sonra elinde bir tepside çay, kurabiye falan getirmiş, benimle muhabbet etmeye çalışıyor ama bir gariplik var. Annem sonra alıştıra alıştıra söyledi.

Mesut'a araba çarpmış, vefat etmiş Mesut!

Okula gidene kadar ağladım; seviyordum, arkadaşımdı. Birkaç gün ders işlemedi hoca. Mezarına falan gittik hep beraber, çiçek bıraktık. Çok üzülmüştüm o zaman. Aklıma geldi Mesut'um yine. Anlatmak istedim.

Ben bu hayatta insanları mutlu eden şeylerin fiyatı olmadığını, olamayacağını Mesut'tan öğrendim.

Ben bu hayatta insanların nankör olduğunu, vurdumduymazın kralı olup duyarlı ayaklarına yatmalarını Mesut sayesinde öğrendim.

Hayat bu, beyler bayanlar. Herkese fiyakalı önlükler giydirmiyor.

Mekânın cennet olsun kardeşim benim.
24.10.15

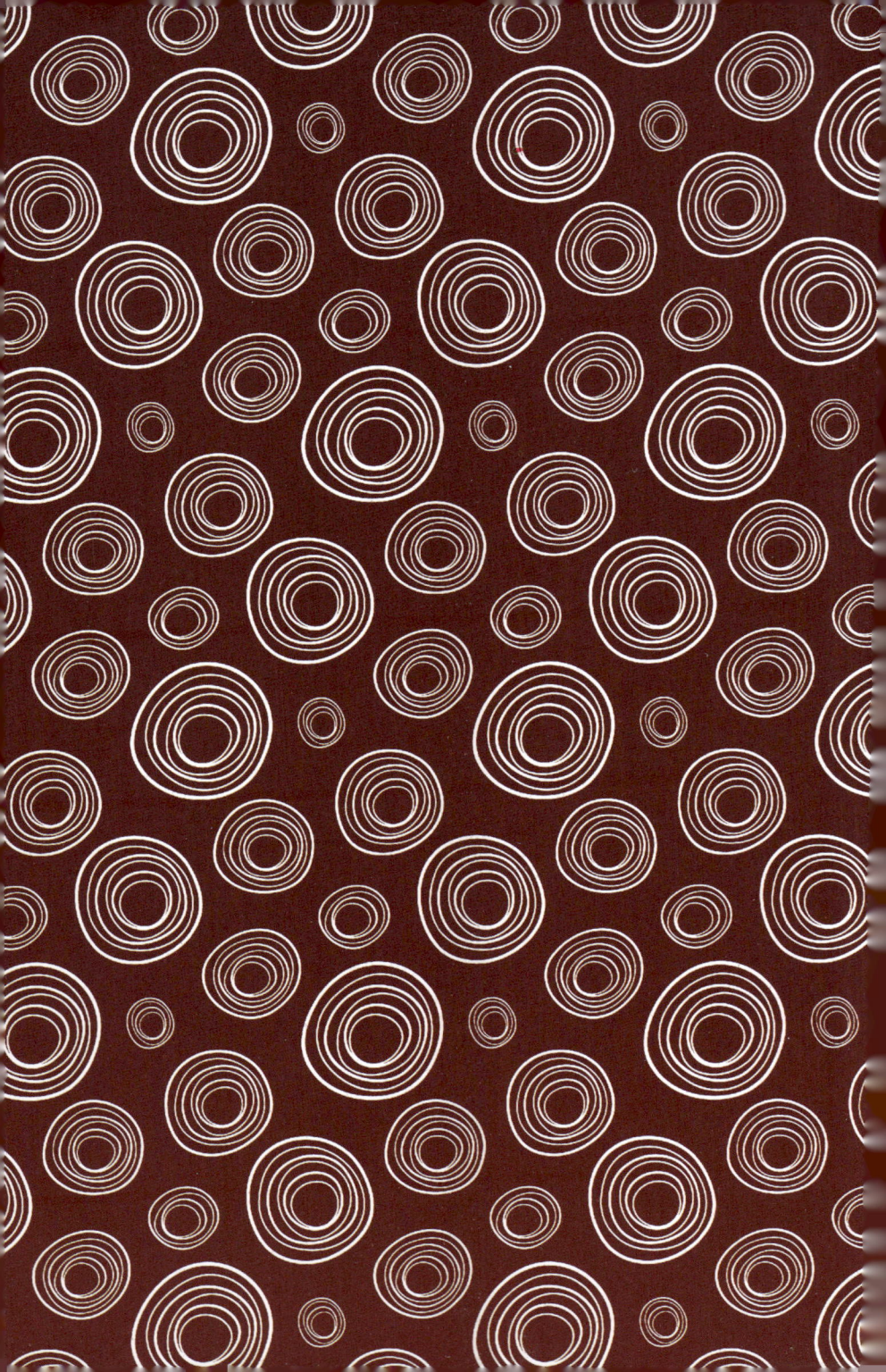